Orquídea Negra

Orquídea Negra

ROXANNE CARR

encaje
NEGRO

Título original: *Black Orchid*
Publicado por primera vez en Gran Bretaña
en la colección Black Lace en 1993
Traducción: Natalia Soldevila

© Roxanne Carr, 1993
© RBA Revistas, S.A., 1996, por esta edición
Pérez Galdós, 36 bis, 08012 Barcelona

ISBN: 84-89662-00-2
Depósito Legal: B-5748-96
Impresión y encuadernación: BIG, S.A.
Avda. Manuel Fernández Márquez, Nave 6-1
Sant Adrià del Besós (Barcelona)

Impreso en España - Printed in Spain

Capítulo primero

—*E*sta semana ya es la tercera vez que tienes trabajo por la noche. Podríamos ir al cine, pasar un rato juntos...

Maggie notó en la voz de Richard ese tono de contrariedad que le era familiar.

—Ya hemos pasado la noche juntos, Richard —le interrumpió con firmeza—. Esta noche tengo que trabajar.

Prestó atención a sus quejas antes de decirle, sin elevar el tono de voz:

—Si te lo tomas de este modo, quizá ya es hora de que nos digamos adiós, ¿no te parece? Adiós, Richard.

Cuando colgó el teléfono, recordó con una punzada de nostalgia la noche anterior, el cuerpo de Richard sobre el suyo y su miembro moviéndose con pasión dentro de ella. Su mirada se cruzó con la de Janine, que pasaba por allí.

—¡Hombres! —le dijo haciendo una mueca.

Janine, que sólo había oído el final de la conversación, le dijo:

—¿Pasas de él?

—No puedo hacer otra cosa. ¿Por qué no puedo encontrar a un hombre que entienda que mi trabajo es muy importante para mí? No tengo ni el tiempo, ni la paciencia de aguantarle cada vez que se enfada porque tengo que trabajar hasta tarde. Francamente, no quiero soportar el egoísmo de los hombres.

—Te comprendo —dijo Janine comprensiva.

—Pero tengo que admitir que para algo sirve —dijo Maggie suspirando.

—Lo que necesitamos es un macho que esté siempre dispuesto y que no pida nada a cambio.

Maggie soltó una carcajada y abrió una carpeta que ya tenía que haber leído.

—Si de mí dependiera, y si no existieran tantos riesgos, me lo montaría a base de ligues.

—¿Sabías que desde hace años en los burdeles hay revisiones sanitarias? Eso es lo que necesitamos las mujeres que trabajamos, ¡gigolós garantizados y que cobren en plástico!

—¿Un burdel para mujeres? ¡Qué gozada! —dijo Maggie, abriendo mucho los ojos y concentrándose de nuevo en su trabajo.

Más tarde, cuando ya casi no quedaba nadie en la oficina, Janine se acercó a la mesa de Maggie.

—¿Has acabado? —le preguntó.

Maggie la miró distraída.

—¿Sí?

—Hace un rato he pensado que lo que necesitabas era un poco de distracción. Voy al gimnasio dentro de media hora; si quieres, puedes venir conmigo. ¿Te parece bien?

Maggie dudó en aceptar; apenas conocía a Janine, pero, por otro lado, había tenido un día muy duro. Por eso pensó que el ejercicio físico quizá le aliviaría la tensión.

—¿Dentro de media hora? —le preguntó Janine sonriendo maliciosamente y sin esperar respuesta.

Maggie quedó gratamente sorprendida al entrar en el gimnasio. Nunca se había fijado en el edificio. Quedaba apartado y estaba un poco escondido, sin embargo, no era difícil de encontrar.

—Debe de ser muy elitista —dijo Maggie, mientras Janine usaba su tarjeta magnética para entrar.

—Sólo puedes ser socia por recomendación. Si te gusta, podría ayudarte.

Una vez dentro pasaron por delante de un recepcionista impecablemente uniformado.

—¡Guau! —exclamó Maggie entre dientes, mientras andaban por un pasillo decorado con reproducciones de fastuosos muebles antiguos y con las paredes recubiertas de espejos hasta el techo.

—¡Sígueme! —le dijo Janine.

Los tacones de Maggie resonaban con fuerza mientras seguía a Janine a los vestuarios. Janine se desnudó rápidamente y enfundó su cuerpo frágil y delgado en un ajustado body de lycra amarillo. Se cepilló la rubia melena y la recogió en una trenza. Sobre la frente, el flequillo le enmarcaba sus ojos azul oscuro.

Maggie se vestía más despacio y miraba con curiosidad a su alrededor. Las paredes también estaban recubiertas con espejos, y podía verse a sí misma y a Janine reflejadas desde distintos ángulos. Sonaba música de Vivaldi. En una de las paredes había cuencos de porcelana llenos de flores secas aromáticas.

—¿Qué te parece? —le preguntó Janine.

Maggie era consciente de la curiosidad con que Janine observaba sus reacciones, a la espera de algún comentario.

—Me parece muy lujoso —dijo Maggie prudente.

—Lo es. Quieren satisfacer todos tus deseos.

Maggie la miró sorprendida por el tono irónico que había empleado su amiga. Pero Janine se limitó a sonreír inocentemente y le indicó con un gesto que la siguiera.

Salieron a un pasillo. Maggie se fijó en una recia puerta que quedaba al fondo.

—¿Qué hay ahí dentro? —preguntó a Janine.

—Es sólo para socios —le contestó, moviendo la cabeza.

Janine cruzó el pasillo y aguardó a Maggie, que se había quedado delante de la misteriosa puerta.

El gimnasio era enorme, Maggie nunca había visto otro mejor. Estaba lleno de sofisticados aparatos electrónicos. Una repisa de cobre rodeaba toda la estancia, con muchas toallas apiladas. Esta sala también estaba llena de espejos.

—No puedes escapar a tu imagen —comentó.

—Ya te acostumbrarás —le contestó Janine riendo.

De repente, un rubio Adonis se aproximó y levantó en brazos a Janine. Era muy alto y su cuerpo quedaba realzado por un conjunto blanco inmaculado. Era musculoso y muy bien proporcionado, irradiaba salud.

—Antony, querido, he traído a una amiga —le explicó Janine.

Janine se alzó de puntillas y le susurró algo en la oreja; luego, ambos se volvieron hacia Maggie.

—Maggie, te presento a Antony, es el dueño del Club Orquídea Negra.

—¿Orquídea Negra?

—Así es. Encantado.

Antony apartó a Janine a un lado, sujetándola por la cintura con un brazo, mientras que con el otro abrazaba a Maggie con fuerza, haciéndole sentir el excitante efluvio de su sudor. Sus ojos coincidieron y Maggie sintió cómo su mirada la atravesaba escrutadoramente, haciéndola sentirse vulnerable. Su brazo la presionó con más fuerza, inmovilizándola. Cuando el abrazo cedió, Maggie respiró aliviada, consciente de haber estado conteniendo el aliento.

—¡Ven! —le dijo enérgicamente—. Haz unos ejercicios de precalentamiento en la bicicleta; después Tristán te dictará un programa a tu medida. ¡Tris!

Un joven de cara radiante y complexión atlética acudió.

—Cuida de estas dos encantadoras damas, Tristán, creo que lo mejor será una hora de ejercicios, un buen masaje y sauna.

Antony, con una palmadita, las dejó en manos del monitor.

—¿Siempre es tan autoritario? —jadeó Maggie mientras pedaleaba y un poco molesta por la forma en que Antony había dispuesto de ella.

—Si no quiero ni un masaje, ni visitar la maldita sauna, ¿qué pasa?

—Tranquilízate, no tienes por qué decidirte ahora. Te prometo que el masaje te gustará. Eres afortunada, pues normalmente a los invitados sólo se les deja usar el gimnasio y las duchas. Seguro que después de hacer ejercicio vas a estar lista para la sauna, ¡relájate!

Maggie no dijo nada y se limitó a mirar a su alrededor. La decepcionó comprobar que el gimnasio no era tan grande como le habían hecho creer los espejos. Una media docena de mujeres estaban haciendo ejercicios, controladas por los monitores. No era frecuente en un club de mujeres que todos ellos fueran hombres. Todos llevaban el mismo uniforme: pantalones cortos negros y camisetas. Los que no supervisaban a ninguna clienta estaban usando las máquinas.

Uno de éstos le llamó la atención. Estaba haciendo ejercicios de piernas en el rincón más alejado y, al igual que los demás hombres que estaban allí, era guapo y fuerte. Los músculos se le tensaban con el ejercicio. Estaba de espaldas, pero Maggie podía ver su cara a través del espejo. Era un rostro hermoso, bronceado, de facciones regulares. A pesar de la distancia, Maggie pudo ver el color azul de sus ojos. Los hombros le brillaban por el sudor.

Maggie empezó a pedalear más rápidamente sin darse cuenta mientras lo miraba. Gozaba al sentir el cuero del sillín en su pubis. La música quedaba difuminada a su alrededor y sólo era consciente del ritmo de su pedaleo y de las contracciones musculares del joven. De repente, se dio cuenta de que él también la miraba a través del espejo, y parpadeó perturbada. En ese momento, el pitido del temporizador que señalaba el final del ejercicio la sobresaltó. Tristán apareció rápidamente sonriendo.

—Veo que te has fijado en nuestro Alexander —le dijo.

Maggie se sonrojó y desvió su mirada. A partir de ese momento se esforzó en los ejercicios hasta el límite de sus fuerzas. Le gustaba poner a prueba su cuerpo, sentir cómo se movía.

Se iba relajando. Nadie la molestaba. Janine estaba haciendo sus ejercicios y Tristán, en silencio, la animaba con una sonrisa. La música la envolvía y la ayudaba a concentrarse en su cuerpo. Acabada la hora de ejercicios, cruzaron el pasillo en dirección al vestuario. Maggie se fijó de nuevo en la puerta. Janine, descubriendo su curiosidad, le dijo:

—¡Otro día, tal vez! Ahora nos esperan en otra parte.

Después de una ducha bien caliente, Janine y Maggie se dirigieron a la sala de masaje con sus cuerpos desnudos bajo unas toallas.

La sala era pequeña, con sólo dos mesas que se reflejaban en los espejos que, aquí también, rodeaban todas las paredes. Janine se tumbó boca abajo en una de ellas, dejando caer la toalla. Maggie hizo lo mismo, y cerró los ojos, esperando que llegara la masajista. Los abrió cuando la puerta hizo un ruido. Vio con sorpresa que no era observada por el ojo de una profesional, tal como suponía, sino por los ojos sonrientes de Alexander. Maggie quiso incorporarse pero, al recordar que estaba completamente desnuda, se tendió de nuevo.

Su corazón palpitaba con fuerza, mientras observaba cómo Alexander cogía un gran frasco de aceite aromático. Al destaparlo, se esparció un envolvente olor a jazmín. Vio que él también se había duchado, porque tenía el pelo todavía un poco húmedo.

El masajista de Janine era moreno y musculoso, y un suave vello negro le cubría los hombros. Maggie observó cómo la miraba a través del espejo y aspiraba profundamente. Nadie pronunció una palabra.

Maggie dio un respingo al primer contacto de las manos de Alexander con su piel. Empezó masajeándole los músculos del cuello y los hombros con sus dedos largos y expertos. Lentamente, se abandonó a sus manos y se relajó.

No había música en la habitación, sólo se oía el ruido de su propia respiración y el del aceite en contacto con la piel. Cerró los ojos y se recreó en el goce que le proporcionaban las manos de Alexander en sus brazos. Después continuó por sus manos, masajeando cada dedo. Maggie buscaba su placer con infinita paciencia.

Cuando Alexander le trabajó los costados, sintió como si sus pechos estuvieran creciendo y deseó que se los acariciara. Se sintió decepcionada cuando los dedos se alejaron hacia sus piernas.

La tensión de sus músculos cedió bajo la delicadeza de los movimientos que hacía Alexander. Maggie pensó que si hubiera tenido que levantarse, las piernas no la habrían aguantado, parecía que se hubieran derretido.

Inesperadamente, los movimientos se desviaron hacia las nalgas y a Maggie se le cortó el aliento. Tensó instintivamente los músculos y sintió cómo el rubor le sobrevenía. Pero Alexander se las apretó muy suavemente, hasta que desapareció cualquier atisbo de resistencia.

Jadeaba entrecortadamente. Oleadas de calor irradiadas por su sexo se apoderaban de su cuerpo. La estimulación indirecta de sus zonas más íntimas la humedecía, mientras esperaba el contacto que nunca llegaba.

Alexander era muy escrupuloso y no olvidaba ni un centímetro de su culo, apretándolo y pellizcándolo. Maggie sentía cómo la humedad de su sexo, mezclada con el aceite del masaje, resbalaba hacia la toalla que tenía bajo su cuerpo.

Quiso ver la cara de Alexander mientras le abría y cerraba rítmicamente las nalgas y lo observó a través del espejo: estaba mirando con los ojos entornados el movimiento que creaba con sus manos. ¡Así que no era la única que disfrutaba con el masaje!

Cerró los ojos de nuevo y trató de ponerse en

el lugar de Alexander e imaginar lo que éste veía: sin duda, un cuerpo bonito y una piel suave. Sabía que su espalda era harmoniosa, sus hombros firmes y sus caderas hermosas.

Por la forma como la acariciaba ahora, Maggie supuso que Alexander quería verle ese lugar oscuro y secreto escondido entre sus nalgas. Si no fuera porque Janine estaba tendida en la otra mesa...

Miró de reojo a su colega. Estaba boca abajo, con la cara girada hacia Maggie. Sus ojos estaban cerrados y sus labios carnosos dibujaban una sonrisa de placidez. Maggie imaginó que su expresión debería ser parecida y suspiró.

Con los ojos cerrados, se abandonó a la deliciosa languidez que se había apoderado de sus miembros. El silencio la envolvía dejando su mente adormecida, consciente sólo de la fuerza de Alexander.

Cuando sus músculos ya estaban totalmente relajados, Alexander empezó a trabajarle la espalda de arriba abajo. Maggie sabía que esta vez no ofrecería ninguna resistencia. Ahora su contacto se parecía más a una caricia y sintió que un cosquilleo recorría su columna.

Ahora Alexander estaba tan cerca que ella notaba el calor de su cuerpo. Deseaba darse la vuelta y cogerle los brazos para atraerlo hacia sí. Jadeó al sentir sus labios rozarle la oreja izquierda. El beso fue tan sutil que pensó que era fruto de su imaginación debido a su excitación.

Se complacía aún en la duda cuando Alexander pasó sus manos por su cintura por última vez. Maggie vio cómo se limpiaba las manos de aceite y sonrió al observar un bulto bajo los pantalones cortos: siempre había admirado que un hombre disfrutara con su trabajo.

Le había quedado un sentimiento de frustración y, cuando se dirigieron a la sauna con las toallas enrolladas al cuerpo, notó sus piernas inseguras. Se sintió aliviada cuando pudo sentarse en el banco de madera.

En la sauna había un ambiente tan denso que apenas podía distinguir las facciones de Janine que estaba a su lado. El masaje la había dejado somnolienta, así que Maggie decidió reposar la cabeza en la pared y cerrar los ojos.

Recreó la sensación que le habían producido los labios de Alexander en su piel y se tocó el lugar donde él la había besado. Era curioso que una caricia tan pequeña tuviera tal carga erótica; tanta, que pensó que no podría olvidarla. Las imágenes de Alexander entrenándose en el gimnasio, entrando en la sala de masaje y acariciando su cuerpo se apoderaron de ella. Sólo pensaba en ir tras él.

«¿Qué habría hecho él?», pensó Maggie. Se vio a sí misma empujándole sobre la mesa y explorando su cuerpo fuerte del mismo modo que él había hecho con ella.

Cambió de postura al imaginarse chupándolo, probándolo, aspirando su lengua con la boca... Atrapada en sus ensueños no se dio cuenta de que alguien había entrado en la sauna.

Abrió los ojos al notar el tacto de unos dedos masculinos que recorrían su pie y subían por la pantorrilla. El vapor era tan denso que no veía nada, sólo notaba un aliento cálido en su hombro. Un suspiro le indicó que Janine estaba recibiendo el mismo tratamiento. Maggie se dio la vuelta y su espalda quedó apoyada contra la de Janine.

Se relajó al notar que la mano le apartaba el pelo del cuello. Maggie sonrió al reconocer la delicadeza de Alexander y respiró profundamente, como si por un instante, estuviera sola.

Cerró los ojos y se vio sorprendida por la presión de unos pulgares que pellizcaban sus pezones erectos. Fue como una descarga eléctrica. Al tocar sus pezones, Alexander había activado su deseo. La boca se le secó y, en contraste, su sexo se humedeció. Maggie se arqueó, rozando la húmeda espalda de Janine y adelantando sus pechos. Deseaba que Alexander se los tocara más. Sentía el cálido aliento de Alexander en su oreja mientras movía las manos por la piel suave de sus muslos.

Maggie apoyó las manos contra la pared y se contoneó describiendo pequeños círculos con su cuerpo, contrayendo su vulva hinchada. La espera era insoportable. El sensual masaje la había puesto tan ardiente, que todo su cuerpo deseaba explotar. No quería otra cosa que satisfacer su deseo. Con una voz que le costó reconocer como propia, Maggie se oyó a sí misma susurrar:

—Por favor... ¡Oh, por favor!

La hizo esperar todavía unos segundos. Después, Alexander cogió su clítoris entre los dedos. Maggie sentía su aliento caliente contra su oreja mientras le susurraba:

—Separa las piernas.

Maggie obedeció automáticamente, abriendo sus muslos tanto como pudo. Jadeaba cuando le introdujo tres dedos dentro de su sexo, mientras que con el pulgar le frotaba su botón. Maggie no pudo aguantar más y los espasmos se apoderaron de ella.

Alexander retiró sus manos y aplicó los labios sobre su clítoris tembloroso, chupándolo y prolongando sus últimas sensaciones. Finalmente, Maggie cayó exhausta sobre Janine, con el cuerpo sudoroso y las piernas inseguras. Janine se volvió y la abrazó. Maggie abrió los ojos y vio a su amiga todavía en éxtasis. Sonrió.

El vapor de la sauna ya no era tan espeso y se dio cuenta de que los dos hombres habían desaparecido. Se sintió frustrada por no haber podido pagar a Alexander con la misma moneda. Hubiera gozado con ello.

De repente, sintió cómo poco a poco los pechos de Janine se apretaban con insistencia contra los suyos y se erizaban. Los dedos de Janine le acariciaban el pelo y, por un momento, Maggie no supo qué hacer.

La cara de Janine estaba tan cerca que podía oler su dulce aliento. Vio cómo la punta de su lengua rosada lamía el sudor de su labio superior. Nunca antes la había besado otra chica y contuvo el aliento cuando Janine apretó sus labios suaves contra los suyos, le abrió la boca y le tocó la lengua dulce y caliente.

Maggie estaba sentada en el banco con las piernas juntas y Janine se puso encima de ella con las piernas abiertas. Maggie sintió la humedad de la vagina de Janine sobre sus muslos y se puso tensa.

No era una sensación desagradable, pero la suavidad de la piel de Janine era muy distinta del tacto de un cuerpo duro y masculino. En esos momentos, lo que ella quería era el fuerte abrazo de un hombre. Sin querer ofender a Janine, la apartó suavemente. Sus ojos azul oscuro la miraron con reproche y Maggie la besó en la nariz. Janine sonrió y le dijo, encogiéndose de hombros:

—¿Nos vamos?

Se vistieron en silencio y Janine enseguida recuperó su dominio habitual.

—Bueno, ¿qué te parece? —le preguntó a Maggie en el aparcamiento.

—Ha sido..., ¡diferente!

—¿Te gustaría entrar en el club?

Maggie recordó la enigmática sonrisa de Alexander y dijo sin dudar:

—¿Qué debo hacer?

—Debes convencer a Antony para que te deje entrar.

Antony. Maggie recordó la forma como la había mirado y un leve estremecimiento de excitación recorrió su columna. Miró a Janine.

—¿Antony? ¿Cómo debo hacerlo?

Janine le sonrió felinamente.

—No te preocupes, te conseguiré una entrevista.

Mientras se dirigía a su casa, Maggie se preguntaba cuánto tiempo tendría que esperar para entrevistarse con Antony. La visión de su musculoso cuerpo le vino a la mente y le provocó un dulce escalofrío.

Capítulo II

Durante dos largas y frustrantes semanas, cuando Maggie preguntaba a Janine por la cita con Antony, siempre recibía la misma respuesta:

—Todo depende de cuándo pueda recibirte.

El insistente recuerdo de las hábiles manos de Alexander la perseguía y se pasaba las horas del trabajo pensando obsesivamente en el próximo encuentro. No había habido intercambio verbal alguno y estaba un poco asustada por cómo la había excitado aquel contacto tan impersonal.

Ya dudaba de que Antony quisiera recibirla cuando Janine se acercó a su mesa y le comentó, como por casualidad, que ya tenía una cita para esa misma tarde, a las siete.

—¿Esta tarde? —dijo Maggie quedándose boquiabierta.

—Sí, ¿estás libre?, ¿no?

Maggie pensó en las largas y solitarias noches que llevaba esperando esa cita y se rió, aliviada.

—¡Ahí estaré! —prometió.

Inesperadamente Janine rodeó la mesa y la besó en la boca. Maggie, sorprendida por aquel gesto, se quedó mirando cómo Janine se alejaba. Notó que Bob, que ocupaba la mesa de al lado, la miraba reprobadoramente. Cuando ella se enfrentó a su mirada, él desvió la suya y se puso a revolver un cajón como buscando algo.

—¡Menudo sentido del humor! —le dijo Maggie.

Bob se rió educadamente pero sin levantar la vista ni hacer ningún comentario.

Maggie no podía concentrarse en el trabajo y se marchó pronto a casa. Se preparó un baño y se sumergió en él. Cerró los ojos imaginando que las manos con las que se acariciaba eran las de Alexander..., o las de Antony.

«¿Qué más daba?» Suspiró mientras pensaba que lo que más deseaba era ser aceptada en el Club Orquídea Negra. Quería saber qué ocurría tras esa puerta de roble que había al final del pasillo del gimnasio. No recordaba haber estado tan nerviosa antes de una cita, ni tan siquiera en entrevistas de trabajo.

Después del baño se aplicó crema y perfume y se puso ropa interior de seda que le había regalado un antiguo novio. No la había estrenado todavía, pues nunca había encontrado el momento oportuno; estaba contenta de hacerlo ahora. Se puso un traje azul marino. Exteriormente tenía ese aspecto que le era habitual, de eficacia, pero no las tenía todas consigo.

Mientras aparcaba el coche hizo unas inspiraciones profundas para tranquilizarse y se retocó el maquillaje ante el espejo del retrovisor.

Desde la ventana del tercer piso, Antony observó a Maggie atravesar el patio. Parecía tranquila, centrada, con las facciones relajadas. Se imaginó esas mismas facciones dominadas por la pasión y su miembro se estremeció. Se alejó de la ventana.

Alexander estaba en la habitación con una copa en la mano. Vestía pantalones cortos negros y se acababa de despertar.

—¿Champagne para desayunar? —le preguntó arqueando las cejas.

Alexander sonrió sin ofenderse.

—Por supuesto. Desayuno, comida y cena. Tengo trabajo dentro de media hora. Mañana tendré que dormir de día también. Hasta luego, ¡que te diviertas!

Antony le vio salir por la puerta trasera y meneó la cabeza. Nadie podía enfadarse con Alex, y menos él. Alexander era una de esa raras personas a las que les gusta dar. No era posesivo en sus relaciones sexuales y se entregaba por igual a cualquiera que deseara su compañía. Por eso era tan popular.

Sonrió cuando Maggie entró en la habitación.

—¡Hola! —le dijo, acercándose para tomarle una mano entre las suyas.

Un ligero escalofrío traicionó a Maggie, dejando entrever su inquietud.

—Estoy contento de que hayas podido venir. ¿Quieres beber algo?

—Sí, un Martini seco, por favor.

Sirvió un Martini para ella y champagne para él, usando la copa que Alexander había utilizado. Maggie se dejó caer en el sofá de cuero blanco y la falda le subió hasta los muslos, ofreciendo a Antony una magnífica vista del final de sus medias. Se recreó en ello hasta que ella se dio cuenta y se bajó la falda.

—Así pues, ¿te gustaría ser miembro del Club Orquídea Negra?

Observó cómo Maggie sorbía un poco de Martini, antes de contestar:

—Todavía no estoy segura —dijo, como si se tratara de un negocio—. Janine me lo ha recomendado y me lo pasé muy bien en mi primera visita, hace dos semanas. Me gustaría conocerlo más.

Antony la miraba y se hizo un silencio entre ellos. Maggie recordó la visita, lo ocurrido en la sala de masaje y en la sauna, e intentó parecer tranquila y desenvuelta. Sin embargo, Antony adivinó en sus brillantes ojos avellana que ansiaba entrar en el club.

Muy lentamente, Antony se colocó detrás del sofá y deslizó sus dedos por la clavícula de Maggie. La piel estaba fresca y suave al tacto. Sintió cómo se estremecía e intuyó que, si intentaba algo ahora, ella no lo rechazaría.

Hizo un esfuerzo para contenerse. La deseaba, pero había aprendido a esperar a que el cliente eligiera qué servicio del Club Orquídea Negra prefería. Además, no quería que la precipitación estropeara los planes que tenía para Maggie. Retiró la mano.

—Bien, te contaré detalles del club mientras lo visitamos.

Maggie siguió a Antony por el vestíbulo hasta el ascensor. Estaba segura de que él había querido poseerla, pero no entendía por qué se había detenido. Lo deseaba, pero desconocía las normas que regían en aquel lugar.

Esa tarde llevaba unos pantalones caqui y una camisa de manga corta y no estaba tan atractivo como con los pantalones cortos y la camiseta. De todos modos, en el ascensor Maggie percibió el calor de su piel a través de la camisa.

Nunca se había considerado baja de estatura, pero al lado de Antony se sentía pequeña y vulnerable. El tiempo que había esperado para esta entrevista la había puesto nerviosa. Tal vez se equivocó, tal vez la reacción de Janine y el comportamiento de Alexander no se correspondían con el estilo del club.

Antony se volvió hacia ella con expresión enigmática, como si se diera cuenta de su confusión. Cuando el ascensor se detuvo, la miró lentamente de arriba abajo, inexpresivo, y Maggie se quedó sin respiración.

Entrecerró los ojos al percibir el rubor de Maggie, pero dijo con tono neutro:

—Ya has visitado los vestuarios y el gimnasio.

Maggie asintió, mientras Antony abría las puertas del gimnasio. Echaron una ojeada. Alexander estaba atendiendo a una cliente. Levantó la vista y le sonrió levemente antes de volver a concentrarse en la mujer, más joven que Maggie, pero de facciones más duras. «¿Le daría también un masaje?», se preguntó Maggie. Se volvió hacia Antony y él le sonrió.

Fue en ese preciso instante cuando comprendió que no se había equivocado. Se le encogió el estómago cuando, sin previo aviso, Antony le acarició los labios entreabiertos con su pulgar. Fue un contacto breve, suficiente para desencadenar una descarga erótica en su cuerpo. Se mordió el labio inferior, justo donde él la había tocado.

—¿Cómo se te ocurrió montar este negocio? —le preguntó ella con tono distendido.

—Vi que existía una demanda. Una amiga mía se quejaba de que los hombres son poco lúdicos practicando el sexo y que era muy arriesgado ir de ligue. Aquí las mujeres tienen un lugar donde acudir cuando necesitan sexo seguro y sin complicaciones; las mujeres son, por naturaleza, más prudentes que los hombres.

—Por fuerza hemos de serlo —replicó Maggie.

—Es natural. Por eso se me ocurrió la idea de

montar un centro prestando especial atención al ambiente, y con un personal y una clientela escrupulosamente seleccionados. ¡Sígueme...!

Antony abrió la puerta que estaba situada al final del pasillo y que tanto había intrigado a Maggie en su primera visita. Miró a su alrededor con curiosidad y vio que se encontraban en una gran sala equipada con un bar semicircular al fondo y con una tarima en el centro. La luz era tenue y la decoración exquisita. La tapicería de los amplios y cómodos sofás era de la misma tela que las cortinas que, recogidas en abundantes pliegues, se esparcían por el suelo con estudiada dejadez.

Sentadas en los sofás, una veintena de mujeres, solas o en pequeños grupos, bebían, jugaban a cartas o conversaban en una atmósfera distendida. A juzgar por el ambiente que se respiraba y el modo en que vestían, era evidente que la mayoría estaban descansando después de una dura jornada de trabajo. Unas pocas hablaban con los muchachos de servicio que estaban a su disposición.

Había una atmósfera relajada. A Maggie le recordaba a los clubs exclusivos para hombres, pero en este caso, sólo para mujeres. Daba la impresión de que el club les pertenecía, que lo podían usar como si fuera su hogar.

Todas saludaban a Antony y él las besaba en las mejillas como si fuera el anfitrión de una sala nocturna. Maggie devolvía las sonrisas. Antony se dirigió a una mujer y le preguntó:

—Liz, ¿hay alguien en la sala de exhibiciones?

—Creo que Tina desapareció por allí con Judd.

Antony cogió a Maggie por la mano.

—Queda todavía mucho por ver —murmuró en su oreja—. Sé que te va a parecer interesante.

Maggie, intrigada, le siguió hasta un pasillo. Había varias puertas de las que en algunas colgaban unos carteles con la palabra «ocupado». Entraron en la primera que estaba vacía.

Maggie observó con interés. La habitación era pequeña, parecía un cubículo. Había el espacio justo para un diván, dos sillas y una mesita sobre la cual había un cubo de hielo con una botella de champagne y dos copas.

Las sillas estaban situadas frente a la pared del fondo, toda ella de cristal, a través del cual se veía una estancia más grande, rodeada de espejos.

—Cada espejo corresponde a un cubículo como éste —comentó Antony al sentarse.

—¿Espejos espía?

El hombre asintió mientras descorchaba la botella de champagne y le servía una copa llena.

—Observa.

En la estancia no había más que un gran lecho revuelto, con el colchón sin sábanas y cubierto por un cubrecama sucio y desgarrado. Varios almohadones de distinto tamaño se amontonaban en la cabecera y del techo colgaba una bombilla roja cuya luz daba al conjunto el aspecto de una habitación sórdida de hotelucho. Los extremos de la estancia estaban en penumbra. De pronto entraron un hombre y una mujer.

El hombre era corpulento y moreno. Tenía el pelo cortado burdamente alrededor de las orejas, la nuca afeitada y lucía una barba de dos días. Llevaba unos tejanos tan ajustados que se le marcaban los músculos de las piernas cuando andaba por la habitación. Se quitó la chaqueta de cuero y la arrojó sobre la cama. Debajo llevaba una gruesa camisa desabrochada por la que asomaba un vello negro.

—¡Ven aquí! —dijo.

Maggie tragó saliva al ver cómo trataba a la pequeña y bien vestida mujer que permanecía en el quicio de la puerta. Alarmada, se volvió hacia Antony que le sonrió.

—No te preocupes. Es un capricho de Tina y Judd sabe perfectamente lo que debe hacer.

Maggie vio a Tina entrar en la habitación contoneándose suavemente sobre unos zapatos de tacón muy alto. Llevaba un traje-chaqueta de lana gris, de buena confección, y una blusa rosa oscuro ajustada al cuello, cerrada con un broche de plata.

Cuando llegó a la cama soltó el bolso despacio y se quedó de pie en la zona oscura de la habitación, esperando. Daba la impresión de estar muy asustada. Mientras, Judd se tumbó en la cama con las manos tras la cabeza y las piernas cruzadas. Las punteras metálicas de sus botas brillaban amenazadoras bajo la luz rojiza.

El silencio era intenso y la tensión entre ambos era palpable, incluso a través del cristal. Maggie sintió que se le hacía un nudo en la garganta y bebió un sorbo de champagne para aliviarse. Judd hizo un gesto para indicar a Tina que se acercara y se desnudara.

Él observaba con ojos sombríos cómo se desprendía lentamente del broche del cuello y lo guardaba en el bolsillo, cómo se quitaba la chaqueta y la blusa, y las dejaba caer desordenadamente a sus pies. Sus movimientos eran gráciles e incluso seductores. Luego se desabrochó el cinturón y se bajó la cremallera de la falda.

Maggie miraba, hipnotizada, cómo la mujer se quitaba la falda con un contoneo de sus menudas caderas y dejaba al descubierto un body blanco. Tina se quedó inmóvil y sumisa bajo la mirada cínica del hombre, a la espera de sus órdenes.

Maggie calculó que la mujer rondaba los cuarenta, pero tenía el cuerpo firme y bien cuidado. Era menuda y llevaba el pelo corto por la nuca dejándole el cuello al descubierto. La piel se veía de color rosado pálido bajo la luz roja, lo que la hacía parecer muy frágil, casi transparente.

—Guapa, ¿no es cierto? —le susurró Antony al oído.

Maggie asintió, pasmada. Se sentía incómoda haciendo de mirona, pero la escena la atraía y no podía apartar la vista.

Tragó saliva cuando Judd de repente increpó duramente a la mujer, haciéndola titubear.

—¿A qué esperas? —le dijo bruscamente.

Se puso un cigarrillo entre los dientes y encendió una cerilla. La llama pareció hipnotizar a Tina, que se sobresaltó cuando la apagó.

—¡Quítatelo! —refunfuñó, echándole una bocanada de humo.

Muy despacio, Tina se quitó los tirantes y dejó que el body de seda le resbalara hasta los pies. Maggie contuvo el aliento.

Bajo el body, Tina llevaba un rojo y llamativo sujetador que realzaba sus pequeños pechos y mostraba obscenamente los pezones como si se los ofreciera al hombre de la cama. Un liguero de encaje negro y vulgar sostenía sus medias. Calzaba todavía los zapatos de tacón, y Maggie se fijó en la parte de las piernas que las medias no cubrían y en los montículos que formaban sus nalgas bajo unas bragas de satén rojo, rematadas con encaje negro.

—¡Puta! —gritó— ¡Date la vuelta!

Tina obedeció al instante y Maggie dio un respingo. Ahora podía ver en la cara de Tina la intensidad de su mirada. Entreabrió los labios y se dio la vuelta, contoneando la cintura. Maggie se escandalizó a su pesar al ver que las bragas de Tina estaban abiertas por el centro.

En esta posición, con las piernas rectas, los muslos apretados y los pechos que le sobresalían del sujetador, Maggie la veía perfectamente. El oscuro vello púbico cubría recatadamente su lugar secreto y se ondulaba delicadamente alrededor de sus labios.

Judd abrió una botella de cerveza. El ruido del tapón y el de la espuma se oyeron muy fuerte. Tomó un gran trago, saltó de la cama y la rodeó mirándola amenazadoramente de arriba abajo.

—Abre las piernas —espetó muy enfadado a Tina, que escondió la cara en el hombro. Parecía como si con los ojos le preguntara: «¿Es que tenemos que pasar por esto cada vez?».

Se sentó en la cama frente a Tina, ella no se movió. En medio de un gran silencio, Maggie pudo percibir cómo un ligero temblor recorría los hombros de Tina. Judd esperó unos minutos y después dio un salto.

—Muy bien, ¿por qué no haces inmediatamente lo que se te ordena, si sabes que vas a hacerlo de todos modos?, ¿para qué crees que estás aquí?

Cuando Judd comenzó a desabrocharse su ancho cinturón con una hebilla grande y pesada, Maggie notó una tensión en el estómago. El hombre jugueteó primero un poco con él, para después hacerlo restallar súbitamente contra el muslo de Tina.

Tina temblaba. Maggie se revolvió en la silla y se apretó contra Antony. Gimió cuando Judd cogió de nuevo la hebilla y pegó a Tina en la parte anterior de los muslos. Tina sollozaba, manteniendo las piernas bien apretadas.

Judd esperó unos segundos antes de pegar de nuevo. Esta vez, Tina lloraba. Cambió de postura y ahora se podían ver los labios rosados de su sexo enmarcado por las vulgares bragas rojinegras. Maggie notó cómo se le humedecía la entrepierna.

Judd se giró y acarició el culo de Tina casi amorosamente.

—¡De rodillas! —ordenó.

Tina obedeció al instante, besándole fervientemente las botas, con el culo en alto. Maggie sentía el aliento cálido de Antony mientras le contaba:

—Tina trabaja en la banca. Tiene un alto cargo y debe controlarse todo el día, tomar decisiones, ser fuerte. Viene aquí a relajarse.

Tina, tal como se le había ordenado, se arrastraba por la habitación. Los pezones rozaban el suelo, el sexo le brillaba, expuesto a las miradas de todos. Las medias se le habían desgarrado y las ligas le rebotaban en las piernas.

A su pesar, Maggie se excitó y apretaba los muslos con fuerza. Judd seguía a Tina por la habitación, con la cerveza en la mano y el cigarrillo entre los dientes, pegándole en el culo con el cinturón y mofándose:

—Si los hombres que trabajan para ti pudieran verte ahora, ¡la gran jefa! Te gusta, ¿no es cierto?

Se agachó de repente y le arrancó las bragas, tirándolas a un lado con un gesto de despecho. Con el culo desnudo, Tina parecía aún más vulnerable. Maggie notó que su horror inicial se convertía en fascinación al ver la piel de Tina enrojecer bajo los golpes que le propinaba Judd.

Tina jadeaba, arrastrándose frenética por el

suelo, como si quisiera escapar del cinturón. Cambiaba en vano de dirección. Judd redobló sus esfuerzos, pegándole entre las piernas, de modo que su piel más sensible era castigada sin compasión.

El chasquido del cinturón resonaba por la habitación haciendo estremecer a Maggie, que imaginaba estar en el lugar de Tina. Por fin, Judd se paró y, agarrando a Tina por los codos, la alzó. Tina sollozaba y él le gritó a la cara:

—¿Qué quieres?, puta.

Como respuesta Tina se limitó a menear la cabeza de un lado a otro.

—¿Qué quieres? ¡Dímelo! —le gritaba Judd.

Maggie aguantó la respiración al oír cómo Tina decía con voz entrecortada:

—Quiero que me folles.

Maggie se llevó la mano a la boca, mientras Judd volvía a zarandear a Tina.

—Pídemelo «por favor» —le dijo burlón.

—¡Por favor! —suplicaba—. ¡Oh, por favor!

Judd la agarró por los pies y la arrastró hacia la cama con un solo brazo, como si no pesara nada. Dejó caer el cigarrillo dentro de la botella antes de sentarse pesadamente sobre la cama. Tina estaba boca arriba, desmadejada y fláccida como una muñeca, con los brazos y piernas sin fuerza. Lloraba y Judd continuaba zurrándole con su mano callosa sin piedad. Tenía la cara pegada al mugriento colchón, y Maggie imaginó incluso el olor a sudor rancio, mezclado con el de los pantalones sucios de Judd. La piel de Tina estaba muy enrojecida por los golpes.

Con la voz amortiguada por el colchón, Tina le rogaba que parase, pero Judd reía, pegándole más y más fuerte. Maggie sintió un hormigueo en las nalgas.

Agradeció el contacto de Antony, cuyas manos frescas le acariciaban el cuello, rígido por la tensión. Le hubiera gustado girarse y buscarle la boca con la suya, pero estaba demasiado absorta ante la escena que estaba presenciando.

No creía que Tina pudiera aguantar mucho más y cuando pensó que Judd había ido demasiado lejos, vio que la dejaba, empujándola con el pie. La miraba amenazadoramente. La expresión de Tina era una mezcla de adoración y miedo.

Los ojos de Maggie pasaron de la cara de Tina a la de Judd. No podía apartar los ojos de los movimientos que hacía para abrir la cremallera de los tejanos, dejando salir un pene erecto.

—¡Dios mío! —musitó Maggie—. ¡Mira esto!

Era un pene inmenso y se balanceaba orgulloso por entre la cremallera abierta. Maggie podía distinguir las venas hinchadas bajo la piel blanca. Una gota lubricó el glande e inconscientemente Maggie se pasó la lengua por los labios. Antony resiguió con un dedo el movimiento que había efectuado su lengua y ella lo chupó. Se sentía mojada y ensimismada con la escena que se estaba desarrollando enfrente.

Judd se sacó un condón del bolsillo trasero y se lo enfundó lentamente en la verga endurecida. Sin molestarse en quitarse la ropa alzó a Tina y la echó boca abajo sobre la cama. Colocó unos cuantos cojines bajo su vientre para que su culo quedara levantado, abrió sus nalgas y la penetró por detrás.

Maggie vio en la mirada de Tina una mezcla de dolor y de éxtasis, mientras Judd entraba y salía de su cuerpo. Maggie se retorció en la silla y su mirada se cruzó con la de Antony. Sin mediar palabra se quitó la blusa delante de él.

Capítulo III

A ntony sonrió al ver que Maggie llevaba una sugerente combinación de seda morada. Sin quitarle la vista de encima, empujó el diván contra el espejo para que Maggie pudiera seguir mirando a través de él. Se arrodilló delante de ella y comenzó a desabrocharle las ligas con sumo cuidado. Maggie contuvo el aliento. Muy despacio Antony empezó a enrollarle una media, mientras con los labios recorría la piel que iba quedando al descubierto hasta llegar a los dedos del pie, que besó y lamió. Luego repitió la misma operación con la otra pierna.

Ella lo observaba paralizada. Antes de tirar las medias, las rozó con los labios.

Antony estaba arrodillado y su cara estaba a la altura de su pubis; se acercó más a él y lo olió. Con sus manos fuertes, la agarró por las nalgas y pasó la lengua por la húmeda hendidura de la entrepierna. Maggie estaba a punto: temblaba de pasión y estaba totalmente mojada.

Los párpados le pesaban, pero de todos modos no quiso dejar de mirar a la sala de detrás del cristal. Judd le había negado a la mujer el orgasmo. La había cogido por las muñecas y las nalgas y la había echado sobre la cama boca arriba. Se encontraba en este momento sentado a horcajadas sobre Tina amenazándola con su gran verga.

Maggie sentía que sus piernas temblaban mientras Antony le lamía el clítoris en todas direcciones. En la otra sala, Judd se estaba masturbando y, cuando llegó al final, desparramó todo su líquido sobre la cara y el pecho de Tina. En este momento, Maggie, al ver la copiosa eyaculación sobre la piel de Tina, llegó también al orgasmo, gritando y echando la cabeza hacia atrás y cayendo sobre sus rodillas sin fuerzas.

Buscó la boca de Antony ansiosamente y se saboreó a sí misma en aquellos labios, succionando ávidamente su lengua. Mientras, él le subió la combinación hasta los hombros y le desabrochó el sujetador. Gentilmente la cogió en sus brazos y la depositó sobre el diván. Después, empezó a desnudarse sin dejar de mirarla.

Tenía un cuerpo robusto y con los hombros bien formados. Maggie le acarició el pecho ligeramente velludo, mientras Antony se colocaba encima de ella, oprimiéndola con el peso de su cuerpo. La besó apasionadamente.

En cualquier otra ocasión habría agradecido esta lentitud, pero ahora estaba tan excitada por las escenas que acababa de presenciar y con las que se había identificado, que el deseo la apremiaba.

A pesar del clímax al que acababa de llegar tan rápidamente, necesitaba todavía más. Sentía la dureza del pene de Antony y no podía sacarse de la mente la imagen de Judd penetrando a Tina. Todo ello la excitaba aún más.

Como si le hubiera leído el pensamiento, Antony se incorporó y dejó su pene balanceando sobre la barbilla de Maggie. Lo tenía largo y delgado, con el prepucio circuncidado y muy húmedo.

Maggie levantó un poco la cabeza para poder lamerlo y saborear su sabor salado. Se lo tragó tan hondo que el labio inferior le rozó los testículos.

De pronto él se retiró.

—¡No! —dijo con apremio y apretándola—. Todavía no. Primero quiero entrar por aquí.

Indicó a qué se refería introduciendo dos dedos en la vagina. Todo su ser estaba centrado en esos pliegues de carne. Luego, comenzó a frotarle el clítoris con el pulgar.

De repente la tendió de espaldas y, sin mediar palabra, la penetró con brío. La inundaron oleadas de placer hasta que Antony eyaculó, soltando un alarido.

Reposaron, sudados y exhaustos, y se quedaron abrazados durante un rato. Cuando Antony levantó la cabeza y le sonrió, ella murmuró casi sin fuerzas:

—¿He pasado la prueba?

—¿Cómo?

—La entrevista. ¿Puedo unirme al Club Orquídea Negra?

Antony se rió, apartando su pene fláccido.

—Maggie, creo de verdad que has sacado muy buena nota.

Maggie sonrió a su vez, orgullosa al comprobar que la verga de Antony empezaba a endurecerse de nuevo.

—¡No te defraudaré, te lo aseguro! —replicó Maggie.

Antony sintió cómo el último vestigio de tensión que acumulaba de toda la jornada desaparecía cuando Maggie cogió en la boca su pene. La mayoría de mujeres que conocía no daban este tipo de servicio tan completo más que por compromiso. Maggie, sin embargo, lo había convertido en un arte y, mejor aún, parecía gozar con ello.

Tendido boca arriba, suspiró de placer cuando ella le cogió los testículos entre los dedos. Le lamía delicadamente el capullo haciendo círculos con la lengua, antes de bajar hacia abajo hasta el extremo inferior del pene. Antony acercó su cara al sexo de Maggie y separó suavemente sus labios para meter su lengua allí dentro. La abrió un poco más y dirigió sus caricias al pequeño orificio del ano.

Sintió que Maggie vacilaba un instante mientras le lamía el agujero, pero continuó lubricándolo hasta que logró introducir la punta de su dedo. Notó que Maggie contraía los músculos de las nalgas como queriendo evitar aquella intrusión y esperó a que se relajara antes de seguir con sus movimientos más profundamente.

Al mismo tiempo empezó a lamerle el clítoris y pudo comprobar satisfecho que volvía a estar muy húmedo. Con la otra mano separó los labios de la vagina y lamió la abertura, antes de introducir tres dedos dentro del caliente conducto.

Notaba con los dedos que tenía dentro de la vagina el otro dedo que estaba en el interior del ano y muy suavemente los frotó entre ellos, mientras continuaba lamiendo el clítoris con la lengua. Maggie estaba fuera de sí y él, a su vez, notaba por el cosquilleo que sentía en los testículos que no aguantaría mucho más.

Notó en la lengua que el clítoris de Maggie palpitaba y lo mordisqueó con extrema delicadeza hasta que logró que se corriera encima de su cara. Antony sorbió el jugo que resbalaba por sus dedos, sin dejar de mover el dedo que tenía dentro del ano. Después, cuando el cuerpo de Maggie empezó a calmarse, retiró rápidamente el pene de su boca y tendió a Maggie boca arriba.

Ella lo miró sorprendida mientras Antony introducía de nuevo el pene dentro de su boca. Apoyó las manos en la pared para balancearse más fácilmente y mantener el cuerpo totalmente erguido: quería ver la expresión de Maggie cuando se tragara su semen. Súbitamente, todos los músculos del cuerpo se le tensaron y empezó a derramar líquido convulsivamente en el interior de la boca de Maggie. El líquido le rezumó por las mejillas y el cuello.

Maggie tragó ávidamente e intentó recoger las gotas que cayeron por su barbilla con la lengua. Antony se desplomó sobre ella, jadeando. Después, pasados unos instantes, inclinó la cabeza y la besó, saboreando el sabor salado de su boca y chupando el líquido que se le estaba secando en las mejillas y el cuello.

Antony era insaciable. Cuando intentó separar de nuevo los muslos de Maggie, ésta los tensó ligeramente y comprobó lo relajada y satisfecha que estaba. Entonces, Antony apartó con la lengua, muy despacio, la piel de alrededor del clítoris y empezó a besarlo.

Maggie gimió mientras él lamía y lamía el capullito hasta volver a excitarlo de nuevo. Antony ignoraba sus protestas y no cesaba en sus caricias. Maggie había pasado los muslos alrededor de su cuello y pudo sentir la palpitación de su orgasmo. Esta vez fue más suave.

Maggie le agarró por los cabellos y le apartó de sí.

—¡Basta! —le ordenó medio en broma—. ¡Por favor! Ya es suficiente.

A Antony le hubiera gustado ignorarla. Quería hacerle pasar la barrera del dolor para alcanzar un nuevo estado de placer, pero intuyó que, de momento, había ido demasiado lejos.

La besó en los párpados y observó cómo ella los cerraba mientras apoyaba lentamente la cabeza sobre los almohadones y un ligero sopor la invadía.

Maggie pasó un largo rato en la ducha bajo la cascada de agua antes de enjabonarse. Estaba exhausta, pero muy contenta a la vez.

Tenía los labios de la vagina hinchados y la tela de las bragas le rozaba. Mientras se vestía, se reencontró consigo misma, como si la criatura lasciva que había retozado con Antony no hubiera existido en realidad; a cada paso, sin embargo, la fricción de la tela le recordaba a esa otra Maggie.

Cuando se volvieron a encontrar en el bar, Antony le sonrió. Ella pidió un vaso de agua mineral. Tenía mucha sed y lo bebió ansiosamente. La sala estaba medio vacía, pues era bastante tarde y la mayoría de las mujeres trabajaban al día siguiente. Como ella, se dijo. Sin embargo, le parecía un día fuera de lo corriente.

Antony le presentó a Judd en el bar.

—¿Cómo estás?

Maggie enrojeció al identificarlo con el hombre que había protagonizado la escena de la que había sido testigo en la sala de exhibiciones. Sin embargo, él se limitó a sonreír cordialmente y le dio la mano. Se había cambiado de ropa y ahora llevaba unos pantalones negros y una camiseta blanca; es decir, lo que parecía ser el uniforme de los que no estaban en el gimnasio. Fuera del escenario tenía el aspecto de una persona normal y a Maggie se le escapó una risita.

—¿Qué pasa? —le preguntó Antony.

—Este lugar es tan raro. ¿Pagas bien a tus hombres su trabajo?

Con una expresión seria, Antony respondió a su pregunta impertinente.

—Muy bien. Y puedes creer que se merecen

hasta el último céntimo que ganan. Firman contratos de tres meses, durante los cuales deben vivir aquí. Les está prohibido cualquier contacto sexual fuera del club. Tampoco pueden tomar drogas, ni tener relaciones sexuales entre ellos. Cualquiera que viole las normas es despedido automáticamente.

Maggie estaba impresionada.

—Por lo menos, les debe de estar permitido gozar con su trabajo, ¿no?

—Por supuesto. Muchos de ellos repiten contrato. Y, por supuesto, pueden negarse a hacer cualquier cosa que les incomode. A veces recibimos propuestas sorprendentes.

—¡Apuesto a que sí! ¿Por qué eres tan estricto?

—Para mí lo primero es el cliente. Aquí todo el personal pasa una revisión sanitaria y también tenemos en cuenta la actitud hacia el trabajo. No quiero tener misóginos por aquí. Todos deben ser jóvenes, con buena presencia, responsables y, lo más importante, les deben gustar las mujeres.

—¿Y Judd? —Maggie le echó una ojeada—. ¿Le gustan las mujeres a él?

—¿Por qué no le dejas una nota y lo averiguas?

Maggie miró a Antony sorprendida por la sugerencia que le hacía el hombre con el que acababa de hacer el amor. Le sonreía y Maggie tenía la impresión de que le podía leer el pensamiento. Al girarse hacia Judd recordó el aspecto de su verga larga y fuerte y cómo salía por entre la cremallera de sus tejanos y, a pesar de que había quedado muy satisfecha, sintió un estremecimiento.

—Quizá lo haga —murmuró.

—Bien —Antony parecía de repente un hombre de negocios—, cuando tu solicitud haya sido procesada, será todo para ti.

Maggie se sintió desconcertada.

—¿Cuánto tiempo tardará?

Antony la tomó por la barbilla.

—La paciencia es una virtud, querida; te vendrán bien unas cuantas semanas de castidad.

—¿Unas cuantas semanas? —repitió Maggie contrariada.

Antony se rió al notar su decepción.

—Sí, hasta la fiesta del próximo mes. Si quieres, anoto que Judd sea tu acompañante.

—¿Una fiesta nocturna?

—Exactamente. El próximo mes tenemos a Cuerpo de Hierro para que nos divierta.

—¿El espectáculo del artista australiano? Creía que estaba actuando por todo el país.

—Y así es. Ya tiene todas las entradas vendidas. Nadie, excepto nosotros, podrá ver la versión que nos ofrecerá. Perdóname, Judd está a punto de irse y quisiera hablar antes con él.

Maggie se quedó observando cómo Antony se acercaba a Judd que estaba en la barra. Se sonrojó ligeramente cuando los vio hablar y mirarla. En los ojos de Judd percibió una chispa de interés y vio que asentía varias veces mientras escuchaba a Antony. En el fondo, se sentía aliviada al no oír lo que decían de ella.

—¿Y bien?

—Está todo arreglado. Judd será tu hombre en la fiesta.

—Oh, sabes, a mí no me gustan las cosas que han hecho él y Tina.

Los ojos de Antony brillaron cuando la miró.

—¿No? Bueno, le deberás explicar a Judd qué es exactamente lo que quieres.

Maggie arqueó las cejas y se llevó el vaso a los labios. A pesar de estar bebiendo, la boca se le había quedado extrañamente seca.

—Me tengo que ir, ¿te veré en la fiesta?

—Podrás verme.

—¿Y a Alexander? Me..., me gustaría pasar un rato con él.

Antony pareció distante.

—También, querida. Cuenta con ello.

Sonrió forzadamente con un gesto que a Maggie le pareció amargo. Esperó a que se le acabara la bebida antes de decirle:

—Bien, como he dicho, me voy. Es tarde.

Maggie no se podía mover atrapada por aquella mirada hipnotizante. En aquel momento, Antony la pellizcó amigablemente, pero, sin dejar de presionarle, incrementó poco a poco la fuerza hasta que le hizo daño. Estudió su reacción y finalmente la soltó.

—Buenas noches, Maggie —le dijo suavemente.

Ella se sonrojó y recogió sus cosas. Se marchó con el paso inseguro.

Capítulo IV

*E*staba en una pequeña sala iluminada con velas. La sombra de las llamas bailaban sobre las paredes forradas de terciopelo rojo y el ambiente olía a incienso. Una música lenta sonaba sin parar y una pareja se hallaba en el centro de la estancia con sus cuerpos pegados: eran Alexander y Janine.

Janine vestía una falda corta y blanca ajustada a su figura esbelta. Estaba tan pegada a Alexander que ambos cuerpos parecían ser sólo uno, los dos se movían lánguidamente al son de la música, sin prisas y en completa harmonía.

Maggie los miraba con envidia desde un rincón de la sala en la penumbra. Sintió que alguien le tocaba el hombro ligeramente y al girarse halló unos ojos de color miel que la observaban con mirada divertida.

—¡Pobre Maggie! —murmuró Judd—. Toma, te he traído otra copa.

Estaba tan cerca de ella que olía el intenso aroma de su piel, sentía cómo su cálido aliento rozaba sus mejillas. Alargó la mano para tocarlo, pero se esfumó riéndose. Frustrada, Maggie volvió su mirada hacia la pista de baile. La pareja, ignorando lo que sucedía a su alrededor, se besaban con pasión. La falda de Janine se le había subido hasta los muslos dejando al descubierto los ligueros de encaje blanco que enmarcaban sus nalgas. Las grandes manos de Alexander las sujetaban y apretaban.

Toda la habitación estaba alfombrada con una moqueta roja muy gruesa que prácticamente cubría los pies de la pareja que bailaba. Maggie echó un vistazo a su alrededor: varias mesas estaban dispuestas en semicírculo y todas estaban ocupadas; ella era la única mujer sola.

Todas las parejas parecían estas absortas en varios actos de seducción. A su izquierda un hombre de color muy guapo le daba fresas con nata a una mujer pelirroja de cabello rizado. Los ojos de la mujer estaban cerrados, con el ceño un poco fruncido, mientras saboreaba el delicioso manjar. Maggie los miraba con envidia y los músculos de su cuello se contraían al imaginar que la deliciosa crema se deslizaba por su garganta.

Apartó su mirada bruscamente y se fijó en una pareja que estaba copulando enloquecidamente debajo de una mesa.

—¿Te sientes sola, Maggie?

Pegó un salto al ver a Antony delante de ella.

—¡Antony, no me dejes...!

Con pena, hizo un gesto con la cabeza.

—Sólo para miembros del club, Maggie. Ya conoces las reglas.

—Pero...

Desapareció y Maggie bebió su vermut enfurecida. Se sentía apartada de las escenas que ocurrían a su alrededor, era como si lo viera todo a través de una cortina de agua. Podía mirar, pero no podía tocar a nadie ni hablar con nadie.

Alexander cayó de rodillas delante de Janine, que seguía contoneándose con la música. Sus manos grandes rodearon su esbelta cintura mientras hundía la cara bajo su falda. La piel blanca y delicada de las redondas nalgas de Janine parecía translúcida a la luz de las velas. Maggie ardía de ganas de acariciar esos redondos montículos.

Janine echó la cabeza hacia atrás con sus labios abiertos por el placer, mientras la larga lengua de Alexander se adentraba en su sexo en un suave y delicioso vaivén. Maggie sentía cómo se acumulaba la humedad entre sus piernas y las apretó con fuerza.

Unas manos fuertes le comenzaron a dar un masaje por los hombros y cerró los ojos. Era alguien experimentado, sabía exactamente cuánta presión aplicar para que sus músculos se distendieran. Se sentía pesada y relajada. No se atrevía a girarse para ver de quién eran esas manos mágicas, temía que su dueño desapareciese como lo habían hecho antes Judd y Antony.

Al abrir los ojos vio que Alexander había tumbado a Janine sobre la alfombra. Ahora estaba prácticamente desnuda, sólo llevaba las medias de encaje y los ligueros, y los tacones de aguja que apenas se veían entre la gruesa alfombra. Alexander jugaba con los finos rizos rubios de su pubis, haciéndole cosquillas que le provocaban gemidos. Con la otra mano le sujetaba el pecho jugando con el pezón erguido.

De repente, Maggie sintió un fuerte deseo de unirse a ellos, de envolver ella también ese duro y tentador botoncito con la boca. Se levantó y, desprendiéndose de las manos que la acariciaban, se acercó hasta ellos. No estaban ni a diez pasos de ella, pero parecía que caminaba entre lodo. Sus tacones se engancharon en la alfombra y se cayó al suelo. Unas fuertes manos la sujetaron y la arrastraron hacia su mesa otra vez.

Con un gesto de protesta luchaba todavía para llegar al centro de la sala, pero se quedó boquiabierta al ver que Janine y Alexander habían desaparecido y que las otras mesas estaban vacías. Estaba sola en esa habitación iluminada por velas y unas manos fuertes la obligaban a mantenerse en el suelo. Se dejó caer sobre la suave alfombra con un pequeño quejido y se dejó desnudar sin protestas. Las mechas de las velas se estaban acabando y danzaban frenéticamente. A pesar de esforzarse para ver a través de la oscuridad, no conseguía ver de quién eran esas manos experimentadas que no paraban de moverse.

Lo que sí había adivinado es que había tres pares de manos, dos de hombre y ¿las otras?... Gimió, en parte enfadada pero, sobre todo, excitada. Unas pequeñas manos femeninas tocaban sus muslos animándolos a que se separaran. Maggie cerró los ojos y dejó que le abrieran las piernas poco a poco mientras estiraba los brazos por encima de la cabeza. Era una sensación de aprisionamiento agradable y notó que unos suaves labios femeninos frotaban sus pechos. Pequeños dientes le mordisqueaban y una cálida lengua le envolvía su hinchado pezón.

Maggie nunca había tenido un contacto tan íntimo con una mujer y se sorprendía del placer que sentía. Quiso decir algo con la intención de animar a la otra mujer a seguir, pero sólo le salió un gemido. Una lengua, inequívocamente masculina, se insinuaba entre sus labios. Este donante de placer se hundió en su cálida boca succionándole apasionadamente la lengua para llevársela hasta la boca.

Unas manos tenían atrapados sus tobillos. Las piernas le temblaban mientras otra lengua subía juguetona por ellas. La boca se detuvo antes de llegar a su meta final, dándole pequeños besos alrededor de su pubis húmedo.

La estaban volviendo loca. Todo su cuerpo hormigueaba de la cabeza a los pies, como anticipación al orgasmo. Sabía que en el momento en que alguien le besara el excitado clítoris, explotaría. Tenía que ser pronto, ¡no podía esperar mucho más tiempo!... De repente, las tres bocas se retiraron simultáneamente y se le cortó la respiración.

—¡No! ¡Oh, no! —gritó con angustia.

Se oyó una suave risa y la voz de Antony le susurró al oído:

—Paciencia, Maggie, espera un poco más...

Súbitamente, la habitación se enfrió y adivinó que se encontraba sola. Todas las velas se habían extinguido y la fría luz eléctrica inundaba la habitación. Su clítoris latía en vano entre sus piernas e intentó tocarse para aliviar la agonía que sentía, pero no pudo mover los brazos.

—¡No! —gritó.

Maggie se incorporó sobresaltada de la cama tirando el despertador que estaba en la mesita con el brazo. El edredón se había caído y las sábanas estaban revueltas. Tenía calor, parecía que tuviera fiebre. ¡Ese sueño otra vez! Noche tras noche, la misma larga seducción, el mismo rechazo cruel, justo en el momento en que estaba a punto de correrse...

Se hundió en la cama desesperada. Sus dedos buscaron su clítoris insatisfecho y tembló con las sensaciones que de allí emanaban. Su dedo anular lo frotó lentamente y sus jugos bañaron su mano.

Sintió vergüenza al recordar el deseo que había sentido por Janine en su sueño. Otra vez veía el cuerpo tentador de la chica que brillaba como la seda a la luz de las velas. De nuevo sentía los labios mojados de la mujer desconocida que habían recorrido su cuerpo.

Sus rodillas se doblaron al correrse, juntó las piernas mientras los latidos se prolongaban hasta que, por fin, se derrumbó, exhausta, sobre los cojines. Recogió el edredón del suelo y se envolvió en él, quedándose rápidamente dormida en un sueño profundo.

«¡Dios, mira esa cara!», se dijo Maggie a sí misma cuando se miró en el espejo del cuarto de baño a la mañana siguiente. «¡Maldito sea ese Antony con su Club Orquídea Negra!», pensó. Nunca había tenido esas sombras oscuras debajo de los ojos, ni esas finas líneas al lado de la boca. Era la tensión que le producía la espera de saber si había sido aceptada en el club y si el celibato al que se veía forzada se había acabado. Y, además, ¡los sueños!

Noche tras noche la asediaban y a lo largo del día se encontraba como poseída por las imágenes eróticas de esos sueños. No podía concentrarse en nada. Todo le molestaba y, cada vez que sonaba el teléfono, pegaba un salto. Todo ello debido a que el maldito Antony se estaba tomando su tiempo para darle una respuesta.

¿Qué más tenía que hacer?, se preguntaba mientras vertía agua hirviendo sobre su café instantáneo. Había cumplido con el requisito que le había impuesto: no tener sexo. ¡Igual que cuando tenía dieciséis años! ¡Se sentía como una virgen renacida! Estaba segura de que masturbarse tanto no debía de ser bueno para su alma.

Pero, ¿qué estaba haciendo? Aquí estaba, una

mujer madura y sofisticada, con una agenda reple-
ta de direcciones y contactos que, sin embargo, se
hallaba ridículamente a la espera de las órdenes de
un hombre dominante. Bueno, ¡ya era demasiado!
Si Antony no la llamaba hoy, esta noche saldría.
Se acabaría el estado de sitio auto-impuesto y Antony ya se podía meter el club donde le cupiese.

Tomada la decisión, Maggie se duchó y se vistió
para ir al trabajo. Se sentía muy feliz.

Janine la esperaba cuando llegó al trabajo.

—Maggie, tengo un mensaje para ti. Es de...

—Un momento —la interrumpió.

Maggie se dio cuenta de que Bob la miraba
fijamente desde la otra mesa y cerró la puerta de
cristal de su despacho. Bob la había estado observando enigmáticamente desde que unas semanas atrás Janine la había besado en la boca.

Maggie no quería alimentar sus sospechas y,
como tampoco se fiaba de Janine, se colocó al otro
lado de la mesa para que ésta quedara en medio
de las dos.

Janine se tomó su tiempo y cruzó sus piernas
bien formadas. A Maggie se le secó la boca al ver
que llevaba unas medias blancas de encaje. Recordó de repente su sueño, la imagen de Janine
en el suelo bajo el cuerpo de Alexander, con total
abandono, que contrastaba con la figura de la mujer de negocios que tenía ahora delante, impecablemente vestida.

Sintió cómo sus mejillas empezaban a arder al
acordarse del deseo que había sentido en su sueño
de poseer ese cuerpo suave y firme. Se indignó al
notar que se le humedecía la entrepierna con esos
recuerdos.

—¿Pasa algo? —preguntó Janine inocentemente.

Bruscamente, Maggie levantó la mirada y se encontró con los ojos azul oscuro de Janine que la miraban como sabiendo lo que estaba pensando. Maggie se controló y se acomodó en el sillón.

—¡Claro que no!

—Es que pareces cansada.

—¿De veras? Es que..., últimamente no duermo bien —admitió de mala gana.

Janine sonrió a Maggie, dándole la impresión de que sabía cuál era la causa de su insomnio. El hecho de que hoy Janine llevara esas medias blancas de encaje le hizo pensar que conocía el contenido de sus sueños y que ella también había soñado lo mismo. Se obligó a abandonar estos pensamientos tan ridículos.

Janine le dio un sobre violeta que sacó de su bolso. El corazón de Maggie dio un vuelco al ver que tenía impresa una orquídea negra en la esquina izquierda.

—Tus entradas —le dijo Janine al ver que no abría el sobre—. Mañana por la noche es la fiesta.

—¿Me han aceptado?

Al levantarse, Janine sonrió maliciosamente.

—¡Por supuesto! Allí nos veremos.

Maggie esperó a que Janine saliera y estuviera fuera de su vista para abrir el sobre y sacar la invitación. Judd sería su acompañante, tal como Antony le había prometido, y estaba prevista una actuación especial y privada esa noche.

Besó de alegría el sobre y, al ver que Bob la estaba mirando a través del cristal, decidió sacar del cajón la primera carpeta del día.

Maggie se había vestido para impresionar. Lucía una camisa de gasa negra con una falda a juego que se movía sinuosamente alrededor de sus pantorrillas. Debajo de la blusa semitransparente llevaba un sujetador de color rojo con aros que le levantaban los pechos generosos. Se había pintado las uñas de los pies y las manos de color escarlata, los labios gruesos los llevaba pintados del mismo tono. Se sentía fenomenal.

Antony, impecablemente vestido, la saludó en la entrada.

—¡Qué placer verte, querida! Bienvenida al Club Orquídea Negra.

—¡Por fin! —murmuró Maggie ácidamente.

Antony soltó una carcajada y la rodeó con el brazo para acompañarla al interior.

—¡Todo llega para quien sabe esperar! —le susurró al oído entre su cabello, causándole un cosquilleo que le bajó por la espalda.

Seguía enfadada con él por haberla hecho esperar tanto y su voz sonó falsa al decir:

—¿No me iba a acompañar Judd?

Antony soltó otra carcajada, nada podía ofenderle, y Maggie, a pesar de todo, sentía cómo su mal humor también se disipaba. Al entrar en la sala, Judd se precipitó hacia ellos como si los estuviera esperando.

—¡Diviértete! —le dijo Antony en voz baja, antes de dejarlos solos.

Maggie observó a Judd de arriba abajo con admiración. Al igual que Antony, llevaba frac y una camisa blanca de cuello duro. La pajarita y la faja iban a juego con un estampado imperial en azul y rojo. Sus zapatos estaban cuidadosamente lustrados. El cabello estaba limpio y engominado hacia atrás y olía suavemente a perfume. No había rastro del bruto que en su última visita había abusado de Tina.

—Somos un poco camaleónicos, ¿verdad? —le dijo mientras le ofrecía su brazo.

Maggie pidió un vaso de vino blanco en la barra y se sorprendió de que Judd pidiera un agua mineral.

—Me gusta tener la cabeza despejada —le explicó. Ella se rió.

—¡A mí no!

Le gustaban las pequeñas arrugas que se formaban alrededor de esos ojos color miel cuando Judd se reía. Se sentía a gusto con él. Apoyada en la barra echó una ojeada por la sala mientras daba un sorbo al vino.

La iluminación era suave y el centro de la sala estaba despejado para poder bailar. En medio del escenario había como un pasillo. Unos ramilletes de globos blancos y negros colgaban de las esquinas del techo y una bandera australiana ocupaba el fondo del escenario. Todo el entorno le recordaba a las fiestas de los colegios americanos que Maggie había visto en las películas ambientadas en los años cincuenta.

Pero, desde luego, ¡los allí presentes no parecían colegiales! Todos los hombres iban vestidos como Judd. Maggie vio a Alexander, tan guapo y rubio como siempre, que estaba con una pelirroja de aspecto amargado. Todas las mujeres se habían vestido para la ocasión y en el ambiente se percibía la excitación mientras bebían y bailaban en espera de que comenzara la actuación.

Maggie no estaba segura de lo que pasaría. En alguna ocasión había ido a un *striptease* masculino con compañeras del trabajo, pero le habían parecido bastante flojos. A la estrella de esta noche, al que llamaban Cuerpo de Hierro, lo había visto en un programa de televisión promocionando su espectáculo y, la verdad, a Maggie no le había parecido gran cosa.

La música cesó y Judd la guió hasta una pared cercana al escenario. Se apoyó de espaldas en la pared y rodeó a Maggie con los brazos. Las luces se apagaron lentamente y la gente dejó de hablar.

Una luz invadió el escenario y comenzó a sonar una música rápida con mucho ritmo. Seis hombres saltaron al escenario y comenzaron a bailar.

Todos vestían tejanos ceñidos y camisas blancas abiertas hasta la cintura. Eran jóvenes, de unos veintitantos años. Sus movimientos eran rápidos y agresivos, pero perfectamente acompasados entre ellos.

Maggie los miró con cinismo, parecían unos niñatos; sin embargo, las demás mujeres del público saltaban y aplaudían entusiasmadas por la visión de esos seis jóvenes musculosos. Los acompañantes, en cambio, no parecían estar muy contentos y se mantenían en segundo plano a la espera de ser requeridos para ir a buscar más bebidas, o para cualquier otra cosa.

Judd acurrucó su cara en el cuello de Maggie y en voz baja le preguntó:

—¿No es tu estilo?

—Pues, no sé. ¡Quizá después de un par de copas! —le respondió.

Judd comprendió la indirecta y se dirigió a la barra. Maggie vio que Antony estaba al otro lado de la sala. Él sí parecía estar disfrutando con el espectáculo aunque lo miraba con una cara inexpresiva. Finalizó la actuación y el público se deshizo en aplausos. Todos los bailarines se retiraron excepto uno, que comenzó un *striptease* al son de la música.

Maggie vio que Alexander se acercaba a Antony y le decía algo al oído. Los dos hacían una pareja irresistible: rubios, altos y en plena forma. Maggie ya conocía bien el cuerpo de Antony, y Alexander conocía bien el suyo. Maggie sintió un repentino deseo de acercarse a ellos pero, al dar el primer paso, Judd llegó con la bebida.

Maggie se lo agradeció con una sonrisa y al girarse para seguir contemplando a Alexander y Antony, habían desaparecido.

Alexander ya había desabrochado los pantalones de Antony antes de que el ascensor se pusiera en marcha.

—¡Cuidado! —rió Antony.

Su risa se convirtió en un suspiro cuando su verga dura saltó de los calzoncillos mientras las manos hábiles de Alexander la envolvían.

Cuando llegaron a la habitación, Alex condujo a Antony hasta un sofá de cuero blanco y le invitó a sentarse sin decir palabra. Alex se arrodilló entre las piernas de Antony y cogió su pene en la boca. Antony cerró los ojos y se abandonó a ese placer tan familiar que le proporcionaba la boca de Alexander. Le encantaba que se acercara en el momento más imprevisto y le susurrara palabras sucias al oído.

Alexander era un experto, sabía con exactitud cuánta presión aplicar, cuándo tenía que chupar y dónde tenía que lamer... Antony gimió al correrse, los chorros entrecortados llenaron la boca de Alexander, que no lo soltó hasta que su pene estuvo fláccido. Entonces apartó la cara y le miró entre las pestañas con una sonrisa:

—¿Tenías un poco de prisa, verdad?

—Pequeño bastardo —le contestó Antony afectuosamente con voz ronca—. Siempre sabes cómo conseguir lo que quieres de mí, ¿no es cierto?

Con la cabeza echada a un lado, Alexander le miró inquisitivamente.

—¿Quieres decir con eso que vas a dejar que te folle? —preguntó en un susurro.

Antony no dijo nada, dejó caer sus pantalones hasta el suelo y se estiró sobre el brazo del sofá presentando sus nalgas al ansioso joven que tenía detrás. Hundió la cara en el suave cuero del sofá mientras Alex se lubricaba la punta del pene y lo colocaba en la entrada de su ano. Hubo una dulce resistencia primero. Después, lo llenó con su verga dura y caliente y, agarrándolo por la cintura, se hundió en él por completo para luego sacarla lentamente y volver a hundirse.

Antony estaba ardiente de pasión, su pene rozaba rítmicamente el cuero del sofá y casi le dolía. Pensó que no resistiría mucho, pero no quería dejarlo y seguía, cada vez más rápido. Su ano y todo su interior latía de dolor.

Alexander no tuvo piedad, ignoró los quejidos de Antony hasta que llegó al clímax soltando un grito de triunfo al correrse. Segundos después, Antony explotó dejando en el sofá un charco de semen y cayéndose al suelo. La boca de Alexander buscó la de Antony mientras lo abrazaba.

—¡Dios mío, cómo te quiero! —jadeó.

Alexander le acarició las manos que le rodeaban la cara.

—Lo sé, lo sé —dijo en un tono de compasión.

Capítulo V

C uando finalizó la actuación todas las mujeres se levantaron para meter dinero en el diminuto *slip* del artista. Maggie se notaba alejada del acontecimiento, como si no fuera con ella. Sólo estaba segura de una cosa: después de seis semanas de celibato forzado, el cuerpo duro y viril de Judd la estaba volviendo loca.

Cuando regresó con la bebida se volvió a colocar en la misma posición, apoyado en la pared, y abrazó el cuerpo de Maggie apretándolo contra el suyo. Maggie empezó a mover ligeramente el trasero y se sonrió al sentir su bulto bajo los pantalones.

Podía estar atenta o pasar de la actuación, pero lo que realmente necesitaba era el cuerpo del hombre dispuesto y ardiente que tenía detrás. Le iba a sugerir que fueran en busca de un lugar más privado cuando el joven del escenario, con su *slip* dorado a punto de rebentar, desapareció bailando al son de la música. Una niebla azulada cubrió todo el escenario y, de repente, de entre las brumas apareció el cuerpo más bello que jamás Maggie había visto. Se quedó inmóvil, boquiabierta, como si necesitara tiempo para asimilar semejante visión.

Era un hombre muy alto y la impresionante anchura de su espalda se compensaba con la altura. Los hombros eran fuertes y poderosos con una musculatura bien dibujada y harmoniosa, justo lo suficiente para no parecer un levantador de pesas. Desde donde estaba Maggie se veían los pectorales bien desarrollados cuando los flexionaba en pose de culturismo. Llevaba un chaleco de cuero azul eléctrico atado con dos tiras.

El silencio se rompió con un fuerte aplauso del público cuando empezó a mover sus caderas al ritmo de la música. Todas las miradas se centraron en el duro trasero que iba apretadamente enfundado en unos pantalones de cuero, también de color azul eléctrico. Todas sus curvas y hendiduras quedaban marcadas.

Maggie sintió que una ola de deseo la atravesaba e inconscientemente se apoyó contra el cuerpo complaciente de Judd. No podía dejar de mirar al hombre del escenario. Su larga melena, negra y lacia, estaba recogida en la nuca con una cinta de cuero azul. Tuvo unas ganas irresistibles de quitarle la cinta para ver la melena suelta.

El hombre del escenario giró la cabeza y se la quedó mirando fijamente por encima del hombro. Su perfil emanaba la misma fuerza que todo su cuerpo, con la mandíbula bien definida y la nariz casi aguileña. Se dio la vuelta lentamente y la luz iluminó su rostro descubriendo unas mejillas pronunciadas, enmarcadas por el negro azabache de la melena. Parecía un indio norteamericano, y Maggie lo encontraba sumamente erótico.

Por un momento pensó que había imaginado que ese hombre la había mirado, pero esta vez tuvo la certeza de que la miraba fijamente con sus profundos ojos azules mientras bailaba. Su mirada la había hipnotizado.

Las piernas le comenzaron a flaquear al ver que se movía sinuosamente en su dirección. Su sexo, empapado e hinchado, apretaba sus pequeñas bragas. El hombre se detuvo a unos pasos de ella y pudo ver las gotas de sudor sobre sus hombros.

Se arrodilló sobre una pierna e inclinó el cuerpo hasta casi tocar el suelo con la cabeza. Se quitó la cinta y la melena cayó como una cascada. Maggie nunca había visto una melena tan negra y brillante en un hombre. Imaginó la sensación que le provocaría tener ese cabello extendido sobre su cuerpo desnudo...

Maggie apretó las caderas contra Judd en un intento frenético de aliviar el ansia que sentía entre las piernas. Jadeó apoyándose en él mientras la mano de Judd se insinuaba entre su cuerpo y subía por su falda hasta llegar a sus braguitas. La rozó, pero no era suficiente.

Percibiendo su ardiente deseo, Judd le desató los lazos que sujetaban las braguitas y empezó a frotarla con más ímpetu. La besaba en el cuello y le apretaba las nalgas. Maggie gimió, sin importarle que estuviera en una sala llena de gente. La intimidad que creaba la niebla azulada era suficiente para esconderla de cualquier mirada, si es que alguien hubiera apartado sus ojos del escenario.

Nadie lo hizo. El hombre del escenario los tenía a todos ensimismados. El ritmo de la música decreció y de nuevo la miró directamente, sin sonreír, mientras bailaba. Maggie sintió que sus mejillas ardían e intentó controlar su reacción cuando, por fin, los dedos de Judd comenzaron a jugar con su vulva. Estaba segura de que el hombre del escenario no podía ver lo que ocurría allí detrás, pero tuvo la extraña sensación de que sí lo sabía.

Con la lengua se rozó el labio superior por dentro, mientras Judd le metía dos dedos en el sexo. La música estallaba en sus oídos y miraba hipnotizada al bailarín que contoneaba sus caderas en un vaivén que evocaba el movimiento de la cópula. Los dedos de Judd iban al compás de la actuación.

Los movimientos del bailarín se hacían cada vez más frenéticos mientras el dedo de Judd le frotaba el clítoris. Finalmente, temblando, el bailarín alzó la cara con una mueca que expresaba el éxtasis que producía el clímax, estirándose lánguidamente como un gato satisfecho. Maggie se corrió en ese momento, apoyándose en Judd para no caerse al suelo mientras la convulsionaban los espasmos.

Al recobrar el control se dio cuenta de que el hombre del escenario le sonreía con complicidad. ¡Así pues, se había dado cuenta! Maggie no sabía si sentir vergüenza o exaltación por lo que había pasado. Optó por lo último.

Satisfecha ya, se olvidó de Judd y se acercó al escenario sin dejar de mirar al hombre que bailaba. Apoyó el rostro en el suelo del escenario, de modo que éste quedó a la altura de los pies morenos. Levantó la vista y lo miró, olvidándose del resto del público. Supuso que el bailarín se retiraría a una distancia prudente pero, en cambio, se quedó donde estaba y comenzó a desnudarse.

Los ojos azules la miraban insistentemente mientras se desataba las tiras del chaleco y Maggie entrevió algo dorado debajo. Frunció el ceño al ver que se alejaba de ella bailando, pero, de repente, el bailarín dio un brinco y se quedó de rodillas, con su apretado bulto a la altura de la cara de Maggie. Pudo observar entonces que ambos pezones estaban perforados con unas anillas de oro y que estaban conectadas entre sí por una cadena. En el centro de la cadena había otra anilla de la que colgaba una tercera cadena que bajaba hasta esconderse bajo los pantalones de cuero.

Maggie apartó la vista con dificultad y vio que él la miraba de nuevo, como si estuviera observando sus reacciones. Maggie oía los aplausos a lo lejos y se preguntó cómo reaccionaría si tirase de la cadena. No pudo apartar la mirada de los pezones estirados y endurecidos, y se mojó los labios con la punta de la lengua al imaginar el frío contacto del metal con la piel caliente.

Su excitación iba en aumento cuando él la agarró con fuerza de la muñeca y le indicó que debía alejarse. Maggie le miró suplicante, y él, acercándose para que nadie les pudiera oír, le susurró:

—Más tarde.

Jamás había oído unas palabras tan excitantes y prometedoras. Se alejó, dejando que el bailarín siguiera con su público ya impaciente. En ese momento estaba agarrando su sexo y lo meneaba de forma obscena. Todos parecieron volverse locos.

Sabía darles lo que querían, pensó Maggie con admiración. El hombre se despojó de sus ropas entre el histerismo del público y se quedó en un minúsculo tanga de red negra.

Los ojos de Maggie se fijaron en el pene. Un calor le subió por el cuerpo al darse cuenta de que la tercera cadena iba hasta el prepucio, de modo que las tres zonas erógenas quedaban conectadas.

La música aceleró cuando en el suelo simuló el acto sexual con su pelvis; el público estaba fuera de sí. Mientras, Maggie languidecía al imaginarse debajo de él, sin apartar la vista del magnífico cuerpo.

En ese momento el humo azulado empezó a envolverle las piernas. La música llegó a su punto álgido y el bailarín, con movimientos acompasados, se liberó del pequeño tanga. Su pene se desprendió erguido y sujeto por las cadenas: se oyó un «¡Oh!» colectivo del público y él aprovechó que el humo le tapaba para desaparecer.

Maggie no se quedó a ver al equipo atlético que apareció enseguida brincando sobre el escenario. La visión de esa polla enorme la tenía fascinada. «Más tarde» era demasiado tiempo. Quería tener al hombre vestido de azul y lo quería ahora, por lo que decidió ir en su busca.

Fue fácil encontrar el camerino. Había tres puertas, dos con las puertas abiertas y apestando a humo y, la tercera, con un cartel escrito a mano en el que se leía: «Cuerpo de Hierro». Maggie dudó si entrar sin llamar.

Lo encontró delante del espejo secándose el sudor del pecho y de las axilas con una toalla blanca. No se inmutó al oírla entrar, ni al verla reflejada en el espejo; siguió secándose con la toalla, sin pronunciar palabra. Maggie olía su intenso aroma a macho y con un gesto nervioso, se mojó los labios.

En el escenario le había parecido dócil, pero aquí parecía un animal salvaje, una pantera lista para su presa. ¡Qué equivocación pensar que ella sería la dueña de la situación! Maggie rodeó el sofá lentamente, sin quitarle la vista de encima. Parecían dos animales antes de la lucha, cada uno a la espera de que el otro empezara el ataque. Las palabras del bailarín fueron las que rompieron el silencio:

—¿Cómo pagarás?

Maggie se quedó perpleja ante esa inesperada pregunta.

—¿Pagar? —repitió sin dar crédito a sus oídos.

Cuerpo de Hierro le lanzó una mirada que encendió su deseo aún más.

—El espectáculo privado no es gratis.

Su voz era agradable, pero a pesar de ello, la rabia aumentaba en Maggie borrando el deseo que hasta ahora la había envuelto.

—¿Quieres que te pague? —dijo incrédula—. ¡No lo dirás en serio!

—Absolutamente. Te lo pasarás bien.

Maggie se rió como si le estuviera haciendo una broma, pero él mantuvo su cara impertérrita y sin dejar lugar a dudas continuó:

—Acepto dinero en efectivo, Visa y American Express; nada de talones.

—Tengo una Visa Oro, ¿te vale? —le dijo con voz cargada de sarcasmo.

—Perfectamente —le contestó extendiendo la mano.

Maggie se lo quedó mirando incrédula. ¡Esperaba que le pagara! De acuerdo, el tío estaba bueno, pero ella tampoco estaba nada mal. De hecho, no se encontraba tan desesperada como para tener que recurrir al pago. Estuvo a punto de abandonar el camerino cuando se acordó de la conversación con Janine semanas atrás:

«Eso es lo que necesitamos las mujeres que trabajamos, gigolós garantizados y que cobren en plástico.»

Cuerpo de Hierro seguía con la mano extendida pacientemente. Se le ocurrió que al pagar el servicio tendría derecho a exigirle cualquier cosa que le viniera en gana. Era realmente bello y, si era tan bueno en la cama como en el escenario, ¡quizá valdría la pena!

—¿Cuánto?

Maggie se quedó helada al oír la cantidad.

—Supongo que, si no quedo satisfecha, me devolverás el dinero —le dijo sarcásticamente.

—Todas las quejas serán atendidas por la dirección —le contestó sin pestañear.

Maggie sacó el monedero del bolso. Lo observó mientras él pasaba la tarjeta por la máquina que había sacado de un cajón. Le entregó el comprobante para firmar.

—¿Quieres un recibo?

—¿Un recibo?

—Puedes incluirlo dentro de tus gastos laborales, podría pasar por la factura de un hotel o por una comida de negocios.

Maggie negó con la cabeza.

—¡Nadie me creería capaz de comer tanto!

Se encogió de hombros y guardó la máquina.

Maggie se preguntó por qué no se sentía nerviosa. Al contrario, se sentía poderosa. ¿Era así como se sentían los hombres con las prostitutas? De hecho, el que paga manda.

—Me ducharé —dijo.

Maggie lo detuvo.

—No. Te quiero así, y ahora.

Sintió un gran placer al ver que se giraba obedientemente y se desabrochaba los pantalones. Maggie se sentó en el sofá que había a un lado del camerino. El lugar era pequeño y sobrio. Al ver que él se detenía, como esperando su aprobación, ella le indicó con la cabeza que prosiguiera. Aunque el entorno no era muy sugerente, el hombre continuaba siendo muy atractivo y Maggie notó cómo la visión de ese enorme pene conectado a los pezones la excitaba.

—Desátate el cabello —le susurró Maggie con voz ronca.

Gozó al ver la melena caer por los hombros y le ordenó:

—Desnúdame.

Maggie se quedó quieta mientras él le desabrochaba la camisa. Se miraban intensamente. Después le bajó la falda que cayó al suelo formando un montón arrugado. Algo en su mirada indicaba que sólo jugaría a ser sumiso un cierto tiempo y que después haría lo que le diese la gana a pesar de que era ella la que pagaba.

Le desabrochó los cierres del sujetador con facilidad, dejando sus pechos libres. Maggie notaba cómo sus oscuros pezones crecían. Estaba desnuda, sólo llevaba las medias y los zapatos.

—Las medias también.

Él se arrodilló y se las bajó pausadamente. Notaba su aliento en el pubis, hinchado de deseo.

Separó las piernas para mostrarle su vagina. No hizo falta decirle lo que quería. Su lengua recorrió sus labios delicadamente, rodeando su clítoris y penetrando por su hendidura.

Había algo deliciosamente peligroso en recibir el primer beso en el lugar más íntimo sin ninguna caricia preliminar. Maggie arqueó la espalda y apoyó su pelvis en los hombros musculosos. Enredó los dedos en la melena y le apretó la cara hacia ella para sentir más intensamente cómo la lengua subía y bajaba lentamente. Las sensaciones crecían y notaba que estaba llegando al punto máximo.

Quería contenerse hasta el último momento y, en un acto de voluntad, se arrodilló con las piernas temblorosas, quedándose quieta un instante para evitar correrse.

Permitió a Cuerpo de Hierro que la acostara en el suelo, mientras con la lengua le recorría los pechos y la melena la cubría como una manta. Retomadas las fuerzas, lo forzó a girarse y le ordenó:

—¡Quédate quieto!

Quería examinarle de arriba abajo y recorrer cada centímetro de su cuerpo con los dedos. Le cogió los brazos y se los puso por encima de la cabeza para acariciarle los antebrazos y las axilas. Le tocó el cabello, era fuerte y sedoso como había imaginado, su pelo era como cuerdas de seda. ¡Cuerda! Se sonrió con picardía; había tenido una buena idea. Cogió un mechón para comprobar si era bastante largo. Lo era. Tejió mechones de cabello a modo de cuerda y ató sus muñecas con ellas. ¡Estaba prisionero!, aunque si hubiera querido se habría podido liberar con facilidad. A pesar de la postura en la que se encontraba, su masculinidad no se veía reducida en absoluto.

Maggie examinó fascinada la anilla que colgaba del pezón, jugueteando con él hasta endurecerlo. Después siguió el mismo juego con el otro pezón.

Quiso preguntarle el porqué de la mutilación, pero prefirió no romper el silencio. Estiró de la cadena por la anilla central y los pezones y el pene quedaron estirados. Su cara no reflejaba molestia alguna y la miraba fijamente mientras ella seguía la exploración.

Al final de la tercera cadena había una anilla más grande que perforaba el prepucio, al final del cual se hallaban los testículos tentadores. A pesar de su completa relajación, Maggie vio con satisfacción que el pene empezaba a estar un poco erguido.

Al ver que la cara continuaba impasible, Maggie sintió el deseo de hacer cambiar su expresión, quería ver cómo enloquecía, que perdiera ese dominio y que la pasión que había fingido en el escenario se convirtiera en realidad.

Volvió su atención al pene adormecido y lo recorrió lentamente, de abajo arriba, divirtiéndose con la sensación que le producía la piel bajo sus yemas. Con mucha delicadeza le pasó el dedo por la anilla y estiró un poco. El pene respondió. Maggie sonrió felinamente.

—Te gusta, ¿verdad? —le dijo.

Un ligero rubor atravesó las mejillas de Cuerpo de Hierro cuando Maggie aumentó la presión con la anilla. Un espasmo lo delató, pero enseguida retomó el control y permaneció inexpresivo. Maggie pensó «¡me voy a divertir!».

Se puso cómoda y le cogió los testículos, apretándolos suavemente. El pene se irguió y la cadena se aflojó un poco. Los músculos de la entrepierna se endurecieron mientras Maggie mordisqueaba la zona entre el pene y los testículos. Se ensalivó bien la lengua y le lamió desde la base del pene hasta la anilla, saboreando el gusto salado, antes de deslizar la lengua por la anilla. La punta brillaba y del pequeño orificio salía una gota de líquido. Bajando la piel del prepucio con los dedos, Maggie lo lamió golosa como si de un delicioso helado se tratara.

Él ya jadeaba con fuerza. Maggie sentía también que su propio sexo latía por la excitación que le provocaba tener el pene en la boca. La anilla estaba curiosamente fría en contraste con el capullo caliente. Rozaba la lengua cuando hundía y retiraba su boca.

Ya no cabía duda de que estaba excitado. El miembro duro no ofrecía resistencia a la lengua y a la boca. Las caderas se levantaron instintivamente, invitándola a tomar más. La piel sedosa subía y bajaba causándole cosquillas en las comisuras de la boca.

Maggie notó cómo la voluntad de hierro del hombre se fundía. Le salió un gemido cuando Maggie le cogió los testículos en las manos. En ese momento decidió parar.

Recorrió con los dientes la cadena hasta que pudo verle la cara. Él la miró casi deshecho con una expresión que delataba que había estado a punto de tener un orgasmo. Sus manos seguían atadas y tenía los puños cerrados en un intento de controlarse.

Se colocó encima de él con una sonrisa malvada. Le comenzó a desatar las manos, con el sexo sobre la cara. Su respiración le producía cosquillas y notó cómo se humedecía cuando él le lamió los labios. Flaqueó cuando el clítoris le tocó la nariz aguileña. El efecto era electrificante y olas de deseo le subieron por todo el cuerpo. Se movía instintivamente, con los dedos entrelazados con los de él, y comenzó a contonear las caderas frotando el clítoris contra su nariz. La larga lengua buscaba en su interior.

Cerró los ojos y abrió aún más las piernas para que él tuviera pleno acceso a la vagina. La penetró aún más con la lengua. Ella se hundió todavía más encima de él. La lengua era larga y dura como una polla en miniatura que la trabajaba por dentro y por fuera.

Explotó. Olas de placer irradiadas desde su interior la poseyeron por completo.

Capítulo VI

Cuerpo de Hierro apenas esperó a recuperarse; enseguida la giró y le dobló las rodillas. Maggie notó en su mirada que ya no había ningún rastro de sumisión. Sintió miedo.

—Se acabó la hora del juego —le dijo con una sonrisa cruel.

Soltó una carcajada mientras le abría las piernas. Bajó la cabeza y la lengua se encaminó a la vulva hasta llegar al clítoris. Luego, con un gesto grosero, se relamió los labios como si estuviera probando un delicioso manjar.

El miedo de Maggie se disipó mientras lo observaba. Empezó a tocarse y frotarse el miembro hasta que salió una gota del minúsculo agujerito.

Ceremoniosamente se desabrochó la cadena de la anilla del prepucio y el pene creció todavía más. Lentamente lo colocó en la entrada del sexo abierto de Maggie y empujó las rodillas mirándola fijamente. La cabellera le cubría las piernas como una cortina negra. Se inclinó y le pasó la lengua por la boca. Después, con sus miradas fijas, él se hundió en ella hasta el fondo. Se mantuvo inmóvil como dándole tiempo a Maggie para que saboreara el contacto del frío metal de la anilla con la piel caliente de su interior. Luego se retiró para hundirse de nuevo.

Maggie le rodeó los hombros con las piernas y se agarró a él mientras la penetraba. Él aceleró el ritmo y en su cara se reflejaba el placer que sentía. En ese momento Maggie se acordó de cómo había querido romper esa inexpresividad y, ¡lo había conseguido!

Alargó la mano hasta tocar la zona por la que estaban unidos, notó la húmeda duricia que acompasadamente se deslizaba dentro de ella y los jugos que chorreaban hasta el suelo. Se impregnó los dedos con toda esa miel.

Esperó a que él casi estuviera a punto y, con el dedo mojado, le acarició el ano. Su entrada se resistió momentáneamente pero ella continuó hasta lograr penetrarlo. Una vez dentro le hundió el dedo moviéndolo arriba y abajo al mismo ritmo que él la estaba penetrando; ignoró los intentos del ano por expulsar el dedo.

Sus ojos se abrieron de par en par, reflejando la rabia que sentía al darse cuenta de que Maggie había podido con él. Alzó la cabeza y emitió lo que pareció un rugido. Su miembro la inundó y palpitó convulsionado. La musculatura de la vagina lo apretó hasta exprimirlo del todo y segundos después Maggie se corría también rozando su ansioso clítoris contra él.

Los dos permanecieron exhaustos en el suelo con las piernas entrelazadas y bañados por el sudor. De repente alguien golpeó la puerta.

—¡Eh! ¿Qué pasa ahí dentro? —dijo una voz masculina con enfado—. Para de joder. Faltan cinco minutos para que salgas a escena.

—Vale —dijo con cansancio.

Se levantó y se fue a la ducha. Maggie también se habría duchado, pues estaba sudada y se sentía impregnada de un intenso olor a macho. Al ponerse de pie un líquido tibio le bajó por las piernas. Con la toalla que antes había utilizado él, se limpió como pudo y se vistió.

—De acuerdo, lo que tú digas —dijo Maggie distraída—. Gracias por acompañarme.

—De nada.

Janine arrancó patinando con las ruedas y se fue. Maggie encontró su coche y mientras lo abría pensó: «¿Un tatuaje?». Nadie le había hablado de tatuajes. Echó una mirada en dirección al club y pensó en entrar y hablar con Alexander personalmente. Quizá podría hacerse un masaje de paso.

No, no podía. Tenía un montón de trabajo atrasado y, si no quería que su prestigio se resintiera más después de su pésima actuación de la mañana, se tenía que poner manos a la obra. El sábado estaba cerca y entonces se enteraría bien de lo que se trataba.

—¡Yo no entro aquí! ¡De ninguna manera!

Maggie se quedó helada delante de un escaparate y miró a Janine con horror. La chica había estado callada todo el camino y ahora sabía por qué.

—¿Por qué demonios iba yo a querer un tatuaje?

—Entra —insistió Janine con paciencia— y sabrás el porqué.

—¡Estás de broma!

—¡Va! ¿No ves que estás montando el número?

Maggie vio un grupo de jóvenes que las miraba. Pensó en lo absurdo de la situación: se encontraban en la parte trasera de una calle, delante de un establecimiento de tatuajes y con el Ferrari blanco de Janine delante.

—De acuerdo —dijo sin convencimiento.

Se sorprendió al ver que el interior parecía un salón de belleza. Ella se había imaginado un lugar oscuro y sórdido. Janine se dio cuenta de su sorpresa y le dijo:

—¿Qué te esperabas?, ¿un lugar lleno de marineros y cubierto de serrín?

Llamó al timbre de la recepción y apareció una mujer delgada y vestida con un mono blanco.

—¡Hola! Tú debes de ser Maggie. Yo soy Phoebe —le dijo dándole la mano, perfectamente cuidada.

Las acompañó hasta la trastienda y con una sonrisa les cogió los abrigos y las llevó hasta una habitación en la que había una camilla. La salita estaba impecable y decorada con buen gusto.

—¿Lo de siempre? —preguntó Phoebe.

—Sí —contestó rápidamente Janine, pues sabía que Maggie no tenía ni idea de lo que ocurría.

Phoebe sonrió.

—¿Es la primera vez que le hacen un tatuaje?

—Sí.

—No se preocupe —dijo con amabilidad—, no es nada. Es como una visita al dentista. ¿Quiere que se quede su amiga?

Maggie asintió con la cabeza mordiéndose el labio de preocupación. Tenía terror al dentista. Phoebe se puso unos guantes de látex.

—¿Dolerá... mucho? —preguntó débilmente.

—Sólo un poquito. Estos tatuajes son permanentes.

—¡Ah! ¡Claro!

—Pero no te preocupes. De hecho, sólo tus amistades más íntimas podrán verlo.

Janine y Phoebe se sonrieron y Maggie sintió cómo el pánico se apoderaba de ella. ¿Qué demonios le iban a hacer?

Se tumbó en la camilla. Le abrieron las nalgas y le frotaron la suave piel con una gasa aséptica. No podía creerlo, ¡la iban a tatuar allí! Se iba a

74

quejar cuando Janine se puso en cuclillas delante y para confortarla le dijo:

—No tardará mucho. Con el tatuaje podrás identificarte como uno de nosotros. Agárrate a mi brazo —le dijo maternalmente.

Maggie soltó un grito. El primer contacto con la aguja fue infernal y Maggie agradeció poder agarrarse a Janine. Sentía cómo los dedos enfundados en látex presionaban ligeramente el ano, abriéndole las nalgas, mientras la otra mano trabajaba. Notaba la calidez de los dedos a través de la goma fría. La delicadeza del tacto contrastaba con la aguja fría y metálica que pinchaba su carne sin piedad.

—La piel se rompe —le explicó Janine con suavidad— y sale un chorro de sangre que se mezcla con la tinta. ¿Quieres ver cómo te quedará, Maggie?

Maggie la miró ausente, con los dientes apretados por el dolor. No se atrevía a hablar por temor a sollozar. Janine se puso de pie, se levantó el vestido y se bajó las medias. Las braguitas eran de encaje blanco y acentuaban la forma de su monte de Venus.

Phoebe permanecía ajena a esta escena, absorta en su trabajo. Los ojos de Maggie miraron con curiosidad cómo Janine se quitaba las bragas sonriendo con complicidad.

No podía apartar la vista a los redondos montículos que tenía delante y el dolor menguó ante la visión. Con un gesto que habría sido vulgar de no ser porque estaba cargado de erotismo, Janine arqueó la espalda, inclinándose hacia delante para abrir las nalgas.

La respiración de Maggie se cortó. Una orquídea negra con los bordes en rojo y el tallo amarillo estaban tatuados en aquella piel. Su propio trasero en estos momentos era una masa de carne irritada, pero apenas lo notaba con la distracción que le ofrecía Janine. Estaba tan cerca que podía oler el fragante aroma de mujer y ver su ano arrugado y rosado.

Ya que Janine no la podía ver, Maggie aprovechó la ocasión para examinarla más a fondo, nunca había visto a otra mujer tan de cerca. Podía ver su mullido sexo rosa cubierto por rizos rubio oscuro. Estaba mojada, los jugos femeninos brillaban contra la piel.

Janine se acercó todavía más y Maggie, sin pensarlo, le dio un beso en la orquídea. Janine se estremeció y Maggie, avergonzada, se echó para atrás.

Cuando Phoebe acabó con su trabajo, Maggie se bajó de la camilla con una sonrisa temblorosa. Evitó la mirada de Janine y se vistió rápidamente. El contacto de las braguitas contra el tatuaje vendado la hizo sollozar.

—Te daré una caja de tiritas. Las sales de baño van muy bien para cicatrizar, y también el aire. Intenta ir sin bragas siempre que puedas.

A Maggie le escocía todo. Era como si entre las nalgas tuviera un globo y el vendaje le tiraba a cada paso. Agradeció que Janine se ocupara de la factura, se sentía muy débil. No se podía sentar en el coche y se apoyó en el hombro de Janine mientras ésta la llevaba a casa.

—Ahora entiendo por qué insistías en acompañarme —dijo con una risa nerviosa.

Janine sonrió sin contestar, atenta a la carretera. Cuando llegaron a su casa la ayudó a subir y, sin que se lo hubiera pedido, comenzó a preparar café. Maggie se tumbó como pudo en el sofá del salón verde limón y azul mientras escuchaba los pasos de Janine en la cocina.

Le encantaba su piso, aunque fuera de alquiler. Poca gente había sido invitada, pero los que habían estado coincidían en que estaba exquisitamente decorado. Dominaba el verde limón y el azul, a juego con la alfombra amarilla. El papel de las paredes era de suaves rayas en un tono rosa, como las lámparas y los cojines.

Janine apareció con dos tazas de café. Maggie notaba que el ambiente estaba tenso.

—Lo de antes —dijo después de que ambas bebieran un poco de café—, no quiero que pienses que me gustaría...

—¿Estar conmigo? —la interrumpió Janine acabando la frase que había iniciado Maggie.

Maggie se ruborizó profundamente. Janine le hacía sentir como una colegiala y, desde que la había besado en la oficina, Maggie se notaba desprotegida. Sin embargo, lo peor de todo era que, desde que tuvo el sueño, se excitaba de una manera que hasta hoy le era desconocida.

—Te preocupas demasiado.

—No es eso, es que eso no me va —dijo sintiéndose ridícula.

—¿De veras? —dijo Janine arqueando las cejas incrédula.

—¡Sí! Es decir, ¡no! Bueno, ya comprendes lo que quiero decir, Janine. Lo que ocurre es que no quieres entenderme.

Janine dejó la taza, se inclinó sobre la mesa y la besó en la frente de forma fraternal. Maggie estaba confusa.

—Creo que protestas demasiado —sonrió con malicia mientras recogía su bolso y se dirigía a la puerta—. Tendrías que dejar entrar la luz, Maggie. Investigar en tu yo más profundo. No te levantes, sé dónde está la salida.

Desapareció por la puerta dejando a Maggie a solas con su confusión.

Pasaron dos semanas antes de que Maggie volviera al club. Janine había estado de viaje y Maggie, en cierta manera, había agradecido su ausencia. El dolor de las nalgas le había hecho sufrir y le costaba concentrarse en el trabajo.

Después del desastre en el asunto de Jefferson, el jefe de Maggie la había advertido seriamente. Desde entonces se había volcado en el trabajo haciendo horas extras por las tardes y llegando muy temprano por la mañana. Al cabo de dos semanas pensó que se merecía una noche libre y pensó en ir al club.

Alexander fue al primero que vio. Estaba en la máquina de remos arreglándola. Maggie se quedó petrificada cuando los ojos azules de Alexander la penetraron desde el otro lado de la sala y le dirigió una sonrisa.

—¿Preparada para trabajar un poco? —dijo con voz dulce.

Se sentó en la máquina de remo que él acababa de arreglar intentando permanecer indiferente a la mano que él posó sobre su hombro. Había otras dos mujeres en el gimnasio. Una era Tina y la otra una mujer rubia y gordita que trabajaba las máquinas ansiosamente. Tina la saludó con la cabeza y continuó con el ejercicio que estaba haciendo.

A Maggie le sorprendió que Alexander permaneciera a su lado. Le corrigió la posición y el contacto de sus manos al tocarle las pantorrillas le produjo algo parecido a una descarga eléctrica.

¡Qué guapo era! No importaba las veces que lo hubiera visto, siempre le producía el mismo efecto.

Intentó concentrarse en los ejercicios pero, a medida que aumentaba el ritmo, también lo hacía el deseo de estar en sus brazos y sentir el latido de su corazón.

Con un gesto Alexander le indicó que pasara a otra máquina. Al levantarse se cayó y él la sujetó con fuerza. Maggie pudo percibir el intenso aroma de hombre que su cuerpo desprendía.

Maggie se sonrojó al darse cuenta de que se aprovechaba de la situación durante demasiado rato y rápidamente se colocó en la máquina de piernas mirándole disimuladamente. Contuvo el aliento al ver que él la observaba con una sonrisa.

Había algo en su mirada que le estremeció. Alexander se giró para atender a la rubia que había terminado uno de los ejercicios. Maggie se esforzó en concentrarse en el ejercicio que estaba haciendo pero, cada vez que levantaba la vista, Alexander la estaba mirando.

Enfundado en los pantalones cortos y la camiseta, el cuerpo escultural resultaba imponente. Llevaba el pelo bien cortado, despejado en la nuca pero largo por la parte de arriba. Maggie se imaginó acariciándolo.

En ese momento, Tristán entró por la puerta del gimnasio, saludó a Alexander y habló cordialmente con todas las presentes. Era el momento del relevo.

La desilusión de Maggie debió de ser evidente puesto que Alexander le sonrió como excusándose de que se fuera. Cogió una toalla y se fue hacia una puerta que indicaba: «Privado».

Maggie aprovechó que Tristán estaba de espaldas y que las otras mujeres estaban distraídas en los ejercicios para colarse por la puerta siguiendo a Alexander.

Capítulo VII

Maggie se encontraba en un pasillo estrecho de paredes blancas y con suelo de terrazo. Al final había una puerta con un ojo de buey en el centro y con un cartel colgado que decía: «Privado. Prohibida la entrada». Dudó un instante pero, al recordar la sonrisa de Alexander como invitándola a seguirlo, empujó la puerta y entró.

Era un vestidor. En las taquillas estaban los nombres de los monitores: Judd, Tristán, Dean, Bruno... La de Alexander estaba abierta. El ambiente estaba muy cargado de vapor y el ruido de agua le indicó el camino hacia las duchas.

Vio la silueta de Alexander a través de la mampara semitransparente: estaba de espaldas, envuelto en una nube de vapor. Maggie se desnudó y se metió en la ducha.

Al notar su presencia se quedó quieto pero sin demostrar ninguna sorpresa. Maggie le sonrió maliciosamente y observó que tenía el torso muy suave, sin vello, como si se hubiera afeitado. Tímidamente le pasó los dedos por el pecho y los brazos, pero Alexander ni se movió. Maggie se echó gel en las manos y empezó a enjabonarle, mientras él continuaba quieto como una estatua. Primero le frotó el pecho y los brazos hasta obtener abundante espuma. Como su miembro permanecía insultantemente fláccido, Maggie decidió dirigir allí sus caricias con sus manos enjabonadas. Sin embargo, ni así obtuvo ninguna respuesta, por lo que lo enjuagó y se arrodilló tomándolo entre las manos y comenzó a frotarlo y acariciarlo. Estaba circuncidado y era largo y fino. Maggie acercó la punta a su boca.

De repente, Alexander la levantó bruscamente por los codos. Estaba muy serio y era evidente que se había disgustado; sin embargo, no dijo nada, simplemente se dio la vuelta. Maggie se sintió insegura y no sabía qué hacer cuando, sin mediar palabra, Alexander empezó a enjabonarle los hombros. Ya no recordaba la habilidad que tenía en las manos y enseguida notó los efectos relajantes del masaje e inconscientemente se apoyó en él.

Ahora no le cabía ninguna duda de que tenía una erección. Notaba cómo la verga fina y dura le apretaba en la espalda. «¿Quizá no le gusta que lo toquen y obtiene placer al ver cómo se excitan los demás?», pensó Maggie mientras con los dedos dibujaba círculos sobre sus pechos.

Alexander se había centrado en los suaves rizos de su entrepierna, enjabonándolos con sumo cuidado, frotando cada pliegue, hasta llegar a su ansioso clítoris. Maggie notaba que las piernas le flojeaban, mientras él continuaba frotándole con abundante espuma la vagina y las nalgas.

—¡Oh! —gimió.

Alexander cogió la ducha y le dirigió un chorro de agua entre las piernas. Notó que el agua le entraba y se deslizaba por entre las piernas; era una sensación muy placentera. Iba a tocarse el sexo cuando Alexander la reprimió manteniéndole las manos contra la espalda y gruñiéndole al oído:

—¡No, eso sí que no! ¡Sígueme!

Cortó el agua y se enrolló en una toalla. Maggie hizo lo mismo y, sin mediar palabra, lo siguió hasta la sauna. Un intenso y fragante vapor los envolvió.

Una vez dentro, Alexander echó el pestillo y, bruscamente, le ordenó:

—¡Siéntate!

A Maggie se le tensó el estómago al notar ese tono tan autoritario y, aunque no era de aquellas a las que les gusta obedecer órdenes, esta vez lo hizo. Se sentó y se quedó mirando cómo Alexander se paseaba de un lado a otro sin poder verle la cara a causa del vapor.

Finalmente, Alexander se dirigió a un armario y de él sacó un objeto. Maggie sintió miedo: era una especie de látigo pequeño. Se lo entregó para que lo examinara. Era una fusta corta de la que salían pelos de crin.

—¿Nunca has utilizado uno de éstos? —le preguntó fríamente Alexander.

Ella denegó con la cabeza.

—Sirve para activar la circulación sanguínea.

Se lo cogió de las manos y lo miró minuciosamente mientras acariciaba los pelos que colgaban. De repente lo hizo restallar contra la palma de su mano.

—Es muy curioso, enrojece la piel sin dañarla, pero no te creas, pega fuerte. Estira la mano y te lo demostraré.

Sin tenerlas todas consigo, Maggie alargó la palma de la mano. Él le pegó con rabia. Maggie cerró la mano dolorida y con los ojos llenos de lágrimas le miró.

—¡Me has hecho daño! —protestó entre sollozos.

—Bien, Maggie, tengo que darte una lección. No está bien eso de entrar en lugares prohibidos y tocar a un hombre sin su consentimiento.

Le miró incrédula y de repente sintió pánico.

—¿Qué? ¡No te atreverás!

Maggie reculó hasta dar con la pared caliente de la sauna mientras él avanzaba hacia ella. Tenía miedo y no le gustaba nada lo que estaba ocurriendo.

—¿No? —susurró—. ¿No tienes un poco de curiosidad, Maggie?

Negó con un gesto, aunque una visión odiosa se le vino a la cabeza. ¡Sí! En el fondo le gustaría saber cómo era estar completamente sometida a un individuo fuerte y dominante.

Él se rió y la besó tan tiernamente que Maggie se relajó por un momento y toda la tensión desapareció al saborear la dulce miel de sus labios. Apenas se dio cuenta de que Alexander la estaba forzando a arrodillarse sobre el suelo duro y húmedo. Inesperadamente, el pelo áspero del látigo restalló contra sus muslos, haciéndole pegar un salto del dolor y la sorpresa.

—Confía en mí, Maggie. Si aceptas bien tu castigo, luego tendrás una recompensa —le dijo con una voz muy suave.

Después la obligó a ponerse a cuatro patas y a quitarse de encima la toalla. Maggie se sentía indefensa, vulnerable. Sus pechos colgaban. Él los agarró y empezó a apretarlos y a moverlos de un lado a otro.

—¡Preciosos! —dijo—. Parecen dos grandes ubres listas para ser ordeñadas.

Maggie observó sus pechos y sintió más vergüenza que nunca. Alexander juguetéo con ellos y los pezones se endurecieron como respuesta.

—¿Ves? Sabía que te gustaría —le susurró al oído.

Entonces le pegó y ella gimió.

—¡No!

Alexander la agarró de la barbilla y le levantó la cara para decirle:

—No te he dado permiso para disfrutar, ¡perra! Si me entero de que estás mojadita, te vas a enterar. ¿Lo has entendido?

A Maggie le saltaron las lágrimas al darse cuenta de que ya estaba húmeda: esa mezcla de miedo y vergüenza la estaba excitando.

—Gatea por la habitación y muéstrame que estás seca. Vamos, ¡levanta el culo!

Le temblaban tanto las piernas y los brazos que temía que no podría hacerlo. Estaba segura de que él se daría cuenta de lo húmedo que estaba su sexo.

—¡Me lo imaginaba! —le dijo metiéndole el dedo en la vagina y mostrándoselo totalmente mojado.

—¿Sabes lo que significa esto? Quieres que te castigue, ¿verdad? Dilo.

—¡No!

—¡Sí! Te has portado mal, Maggie. Tienes que ser castigada por tu mal comportamiento. Te mereces un latigazo.

—¡No! ¡Oh, sí! ¡Oh!...

Maggie gritó cuando el primer latigazo la golpeó en la nalga. Después vinieron más, hasta llegar a una docena de latigazos. De vez en cuando Alexander paraba y esperaba a que recuperara el aliento para continuar de nuevo.

Las nalgas de Maggie estaban rojas e irritadas, cada centímetro de piel ardía. Las lágrimas le resbalaban por las mejillas y el calor de la sauna le tapaba la nariz y le impedía respirar.

—¡Ya basta! Por favor —sollozó.

Milagrosamente Alexander paró. Sintió que le rozaba las doloridas nalgas con sus suaves labios y el escozor se convirtió en una plácida sensación. Le vinieron unas ganas irresistibles de masturbarse, de acariciarse el clítoris, como si con ello fuera a aliviarse de la tensión en la que se encontraba.

—Eso es, pequeña —dijo Alexander con suavidad—. Tócate, quiero ver cómo te corres.

Maggie cerró los ojos y se concentró en sus sensaciones. Se apoyó en el banco de madera y comenzó a tocarse la vulva empapada con los dedos. Tenía el clítoris excitado, como a la espera de las caricias, y empezó a frotarlo sin parar. Maggie sentía que el orgasmo estaba a punto de llegar.

—¡Abre los ojos! —le ordenó Alexander.

Obedeció al instante y lo miró fijamente a los ojos azules y penetrantes mientras continuaba restregándose el clítoris a un ritmo frenético.

—Así es, pequeña, córrete, córrete ya..., empuja.

—¡Ah! ¡Ya está! ¡Me corro, me corro! —gritó triunfante y confusa a la vez.

Jamás había tenido un orgasmo tan intenso. Exhausta y sin fuerzas, se dejó caer en los brazos de Alexander.

—Shhh... —susurró Alexander abrazándola y acariciándole el pelo—. Todo va bien. Has estado maravillosa, Maggie. No esperaba menos de ti.

Le enjugó las lágrimas con la lengua y la cogió en brazos para salir de la sauna.

Antony estaba revisando papeles y facturas cuando Alexander entró enérgicamente en la habitación. Al ver su cara enrojecida supo de inmediato lo que andaba buscando y, sin querer, sintió que un escalofrío le recorría la entrepierna.

—Pareces un poco alterado, Alex. ¿Te pasa algo?

Alexander ignoró las preguntas y, sin contestarle, se desabrochó los pantalones y le mostró una potente erección.

—¡Cállate y chúpala!

Antony pensó en decirle que se la chupara él, pero el deseo de saborear ese enorme pene pudo con él y, complaciente, se puso de rodillas. Alexander estaba muy ansioso y empujaba con tanta fuerza que incluso le dolían las mandíbulas. Cuando se corrió, Antony sintió un gran alivio y placer al notar cómo el cremoso esperma le lubricaba la garganta. Al finalizar, Alexander enseguida se fue a la cocina dejando a Antony sin decirle ni una palabra.

«¡Cabrón! ¡Desagradecido! ¡Mira que utilizarme de esta manera y dejarme así, a medias!», pensó Antony, mientras su excitación se desvanecía y se convertía en rabia. Enfurecido, se dejó caer en el sofá. En ese momento Alexander apareció de nuevo en la habitación.

—Toma, te he preparado un café.

—¡Y a mí qué! —gruñó Antony al coger la taza.

Alexander se sentó a su lado y notó que Antony se ponía tenso. Percibiendo su enfado, le rodeó con un brazo sus hombros a modo de conciliación y en tono cordial le dijo:

—No te pongas así, Tony. Te recompensaré.

—¡Ja!

—Vale, si te enfadas no te contaré a quién acabo de doblegar como si fuera un trozo de plastelina.

Esto despertó el interés de Antony, haciendo que se olvidara de su enfado.

—¿A Maggie?

—¡Eso es! Es lo que querías, ¿no?

Antony sonrió con picardía.

—Y, ¿cómo se lo tomó?

Alexander hizo un movimiento de vaivén con la palma de la mano hacia abajo.

—Me costó un poco al principio, pero al final fue bien. Al menos cuando la acompañé hasta el coche no se quejó. Janine no para de insistir en que le monte algo con Maggie, pero parece que a Maggie no le va. Le costará. Si yo estuviera presente..., seguro que funcionaría e incluso lo podría filmar.

—¡Fantástico! ¿Cuánto tiempo crees que tardará en aceptar?

—Espera a que Janine se lo haya montado con ella para ver cómo reacciona. Creo que en este momento está demasiado aturdida para decirle algo.

Maggie estaba más que aturdida, estaba totalmente desorientada y descompuesta por la forma en que Alexander la había tratado. Cada fibra de su ser le decía que se había dejado esclavizar y someter, pero el insistente recuerdo de la voz de Alexander y el tacto de sus manos, que la castigaron y acariciaron al mismo tiempo, le demostraban que lo repetiría complaciente.

Se quedó despierta en la cama analizando detenidamente sus reacciones. Se maravillaba de la habilidad que tenía Alexander para manipularla y manejarla sin buscar su propio placer. Lo que encontraba todavía más extraño era que, a pesar de que le tenía miedo, se sentía increíblemente segura con él. En el fondo sentía que confiaba plenamente en él, como si él pudiera librarla del castigo que le estaba imponiendo. Todo era muy confuso.

A la mañana siguiente la despertó el timbre de la puerta. Fue a abrir medio dormida y se quedó perpleja cuando se encontró con un mensajero que le traía un enorme ramo de rosas rojas. Después de firmar, cerró la puerta y leyó la tarjeta. Su corazón se detuvo al leer: «Hasta la próxima. Besos, Alexander».

¡Hasta la próxima! Maggie no sabía si abrazarse al ramo o tirarlo directamente a la basura. Eran demasiado bellas para tirarlas, así que las puso en un par de jarrones que colocó a ambos lados del salón.

Se desilusionó cuando comprobó que eran de invernadero, sin fragancia alguna. «Como el sexo sin amor», pensó, aunque la falta de fragancia no les restaba belleza. «Como el sexo por el sexo», se dijo a sí misma. ¡Qué demonios!, se había apuntado al club para ampliar sus horizontes sexuales y no se iba a dejar abatir en su primera experiencia.

Janine había regresado a la oficina y, ahora más que nunca, Maggie estaba segura de que le escondía algo. Janine la evitaba abiertamente como dando a entender que había comprendido que ir tras de ella era una pérdida de tiempo.

Una semana después del incidente con Alexander, llegó un paquete a la oficina a la atención de Maggie. Notó la mirada curiosa de Bob mientras colocaba la caja sobre la falda. Enseguida Janine apareció en el quicio de la puerta, cosa que a Maggie no le sorprendió en absoluto.

—¿Regalos en el despacho? ¿Quién es tu nuevo admirador, Maggie?

Maggie masculló algo incomprensible entre dientes y aguardó a estar sola para abrirlo. Por alguna razón le temblaron las manos al desatar el cordel. El contenido estaba envuelto con un fino papel de tisú, y sobre él había una tarjeta blanca en la que reconoció la letra de Alexander: «Ponte esto mañana y te prometo una noche inolvidable». En una esquina de la tarjeta había escrito: «Sigue». Maggie le dio la vuelta y leyó: «Confía en mí».

«¡Jamás!», pensó Maggie levantando despacio el papel que envolvía el regalo. No estaba segura de lo que habría dentro: quizá unas bragas de encaje o un vestido. Cuando lo abrió por completo, su sorpresa fue mayúscula. «¡Qué narices era eso!», exclamó para sí misma.

Examinó con curiosidad una especie de tela negra de látex y la sacó de la caja para verla entera. Se trataba de un body suave y mullido de goma ribeteado con seda roja. Tenía corchetes por el escote, rodeando los pechos, y por la zona de la entrepierna. Al examinarlos más detenidamente, vio que se desabrochaban fácilmente.

Maggie se aguantó la risa. «¡Estaba listo si creía que ella se iba a poner esa cosa!», pensó. De reojo vio que Bob la estaba espiando, intentando ver qué tenía en las manos. Dobló rápidamente la tela, la metió de nuevo en la caja y la guardó debajo de la mesa. En todo el día no pudo dejar de pensar en la maldita caja, a pesar de no tenerla a la vista.

El día siguiente era sábado y Maggie estuvo durmiendo hasta las nueve de la mañana. Después de hacer las compras y arreglar la casa, se preparó una comida ligera y se puso a ordenar sus facturas y otros papeles. Había guardado el paquete con aquella prenda extravagante en el fondo del armario, pero, sin querer, continuamente acudía a su mente.

No pasaría nada por probárselo a solas en su

dormitorio, pensaba. Se reiría al ver cómo le quedaba. Luego, por la noche, iría al club y se lo devolvería a Alexander diciéndole que ése no era su rollo.

Continuó pensando en ello mientras tomaba un baño bien perfumado con sales. Tenía el pelo recogido bajo un gorro de baño. El agua caliente acariciaba su piel cuando se movía suavemente. Después del baño se maquilló y empolvó; en los párpados se puso una sombra oscura y se pintó los labios de un color carmín intenso que los hacía parecer más grandes y carnosos. Esperó a que se le secara la laca de las uñas antes de ponerse las medias negras. Entonces sacó la caja del armario.

Bajo la luz eléctrica, la goma de látex parecía como mojada, muy brillante. Era de tacto agradable y se la acercó para olerla. Le costó ponérselo, era muy pequeño, y tuvo que hacer fuerza y mover sus caderas para conseguir subírselo hasta los pechos.

El tacto de la goma era cálido y se sorprendió de sentirse muy cómoda con una prenda tan ajustada que le apretaba como un corsé. Maggie se dio la vuelta para contemplarse en el espejo y se quedó sin aliento al verse.

Apenas se reconocía. La cintura estaba totalmente comprimida y los pechos estaban muy alzados y juntos y parecían más grandes. Sus piernas parecían mucho más largas ya que el corte lateral del body era muy alto. Su piel blanca contrastaba con el negro brillante de la goma.

Era una prenda confeccionada especialmente para practicar el sexo y enfundada en ella parecía una profesional. Sin dejar de mirarse en el espejo, se puso unos zapatos negros de tacón muy alto. Sus piernas parecieron todavía más largas.

Era una pena cubrirse con un vestido, pero no podía ir al club con esa pinta. El ceñido vestido de lycra negro no era mucho más decente pero, por lo menos, no parecía una muñeca hinchable andante. Sonrió pensando en la cara de Alexander cuando viera que llevaba puesto el regalo. Seguro que la recompensaría por tanta devoción.

El camino hacia el club se convirtió en un verdadero viaje erótico apretujada dentro del látex de goma que tiraba contra la piel de Maggie al menor movimiento. El cambio de marchas simbolizaba para Maggie el placer que estaba por llegar y cuando llegó al aparcamiento la seda que cubría el sexo ya estaba húmeda. Estaba lista para la acción.

Se acercó al bar y Antony fue a saludarla. Notó que la miraba de arriba abajo y Maggie se preguntó si sabía lo que llevaba debajo. Esto la excitó todavía más y le sonrió confiada.

—Alexander te está esperando —le dijo—, sígueme.

La cogió por el codo y la condujo hasta la sala de exhibiciones. Maggie se asustó cuando vio que la llevaba a aquella sala y no a uno de los cubículos privados, como ella suponía.

El lecho, cubierto por un dosel de encaje blanco, se hallaba en el centro de la estancia. Alexander estaba a un lado, colocando una cámara encima de un trípode. Maggie apenas se fijó en Alexander, porque entrevió una figura de mujer en la penumbra. Cuando ésta se acercó a la luz vio que llevaba un body parecido al suyo, sólo que ella llevaba botas altas hasta los muslos, medias de red y una gorra de cuero negro cuya visera cubría su frente. Llevaba una máscara negra en los ojos. En una mano tenía un látigo largo y amenazador de cuero negro con el que se golpeaba la pierna, impaciente.

Maggie miró de un lado a otro nerviosa viéndose reflejada una docena de veces en los espejos que rodeaban la habitación y se preguntó cuántos ojos estarían mirándola. Antony le apretó el codo y la empujó hacia la cama. La mujer habló y a Maggie se le heló la sangre cuando reconoció la voz:

—No te preocupes, Maggie. No te voy a hacer daño..., bueno, no mucho.

Los labios de Maggie apenas se movieron:

—¡Janine...!

Capítulo VIII

*M*aggie hubiera querido salir corriendo de allí pero Alexander, haciendo una señal a Janine y Antony que desaparecieron entre las sombras, le cogió la mano y le susurró al oído:

—No pongas esa cara de preocupación.

La rodeó con el brazo y la guió hasta la zona iluminada por el foco. Los ojos de Maggie se cegaron con la luz brillante, no veía nada excepto el lecho de encaje blanco; era como si estuvieran a solas en la habitación. Se dejó engatusar por Alexander, que la abrazó y empezó a besarla. Primero empezó despacio y suavemente, pero sus besos se volvieron más apasionados a medida que ella se abandonaba.

Iba vestido con una camisa muy suave de seda azul celeste y unos tejanos negros. Maggie sentía el calor del cuerpo a través de la camisa, quería besarlo eternamente; las piernas le flojeaban y sus dudas desaparecieron por completo.

Nunca nadie la había besado así. Se dio cuenta entonces de que haría cualquier cosa que el hombre pidiera.

—¿Confías en mí? —murmuró con los labios pegados a los suyos.

Maggie no consiguió emitir palabra, tenía los labios hinchados, pesados, apenas si logró asentir.

—¿Ves la cámara?

Ella movió la cabeza sin abrir los ojos.

—¿Sabes para qué es en realidad, Maggie? Es

para que puedas ver lo bella que eres, para que no te olvides de que eres mía. ¿Lo entiendes? Mírame, Maggie.

Abrió los ojos con dificultad y vio los ojos azules que la penetraban. Con sólo mirarla la hipnotizaban y la mareaban. Asintió de nuevo y su sonrisa le dio seguridad; sus últimos vestigios de miedo desaparecieron.

Una mano le acarició el cuello y al volverse vio que era la de Antony. Tenía un cuerpo que ella conocía bien y le dio la bienvenida con la boca.

Antony la rodeó con los brazos y la apretó hacia sí. En la boca de Maggie pudo saborear los besos de Alexander y notó cómo su miembro se endurecía bajo los pantalones.

Alguien puso una música de jazz profunda y visceral. Maggie sentía que su cuerpo se relajaba y se acarició con las manos por la tela resbaladiza del vestido que llevaba por encima del body de goma.

Notó que temblaba cuando Antony le subió la falda hasta las caderas. La piel blanca contrastaba con el negro brillante del látex. Le acarició las piernas por encima de las medias y toda ella se estremeció.

Le puso la mano sobre el pubis y lo apretó suavemente, podía intuir la humedad bajo la goma del body. Un espasmo pasó por la cara de Maggie mientras él le presionaba rítmicamente, entrando poco a poco en el sexo.

Alguien tocó el hombro de Antony y al girarse vio la cara de Janine impaciente. Asintió con la cabeza y a su pesar retiró la mano y cogió el pañuelo de seda negra que Janine le tendía. Maggie se sobresaltó cuando él comenzó a taparle los ojos con el pañuelo, pero la tranquilizó besándola apasionadamente y chupándole la lengua hasta que desapareció su resistencia.

Antony le quitó el vestido y se separó unos pasos de ella para contemplar su bello cuerpo. Ofrecía una imagen deliciosa: las piernas largas, apretadas con fuerza, y los brazos sobre la cabeza. No pudo resistir el impulso de besarla en la axila y Maggie tembló.

Antony tuvo que reprimirse para limitarse a desempeñar su papel: dejar a punto a Maggie para Janine, que estaba esperando impaciente desde la penumbra. Una a una y muy despacio le quitó las medias de manera que Maggie quedó sólo con el body de látex, perfectamente ajustado a su magnífico cuerpo de mujer.

La goma brillaba tenuemente bajo el foco y los pechos blancos e hinchados sobresalían apretados. Antony acarició el borde de los corchetes que unían una de las costuras de la parte de los pechos y los desabrochó. Apretó la carne de forma que el pezón salía obscenamente del agujero. Lo apretó y pellizcó entre los dedos hasta que se engrandeció y endureció. Hizo lo mismo con el otro pecho y luego prestó su atención a los corchetes que unían las costuras de la entrepierna.

Maggie, que hasta entonces había permanecido quieta, gimiendo cuando él le tocaba los pechos, al sentir que los dedos desabrochaban esos corchetes uno a uno, susurró:

—¡Oh, no! Por favor, por favor, quítame el pañuelo.

—Silencio. No tienes por qué ver, sólo tienes que sentir. Tranquila.

Antony notó cómo los gruesos y oscuros rizos le hicieron cosquillas en los dedos al desabrochar los corchetes. Aspiró profundamente, disfrutando el cálido aroma que emanaba del pubis ardiente. Estaba empapada como ya había supuesto. Tuvo que contenerse las ganas de sumergir la cara en ese centro ansioso de placer.

Janine, temblando de ansiedad, le tendió más pañuelos de seda. Sabía que todavía tenía que esperar a que él tuviera a Maggie preparada por completo. Antony le acarició delicadamente el antebrazo hacia arriba y la cogió de la muñeca. La mano se cerró cuando la ató a la columna de la cama.

Una vez tuvo atados los dos brazos a la cama, hizo la misma operación con los tobillos, de modo que las cuatro extremidades quedaron sujetas a la cama y sin posibilidad de movimiento. Él se retiró para gozar de la imagen que ofrecía. Parecía una ofrenda lista para el sacrificio, tumbada sobre el encaje blanco de la cama. Los pezones y la vulva estaban al descubierto, y la boca, entreabierta, a la espera del siguiente paso.

Antony se apartó con reticencia de Maggie para cederla a Janine.

Janine echó una mirada a la mujer que yacía sobre la cama y una ola de adrenalina la invadió. Había soñado con ese momento: Maggie atada de pies y manos y con los ojos vendados, totalmente a su merced. Maggie, cuya boca se había negado a la atracción que su cuerpo sentía, ahora estaba bajo su poder.

Se lanzó sobre sus labios que se resistieron temblando. Estaban calientes y dulces y Janine los saboreó antes de incorporarse.

Janine sabía que era observada tras los espejos, así que sonrió diabólicamente a su público desconocido, se chupó un dedo y con él rodeó uno de los pezones de Maggie. Su piel se encogió al tacto y Janine acrecentó la presión.

—No, encanto —murmuró Janine—, no seas tan estrecha, todos sabemos que te gusta. ¡Tu cuerpo te delata!

Janine pasó el dedo por la vulva mojada y sonrió al oír los suspiros de Maggie. Luego, se inclinó para sacar un objeto del bolso que estaba en el suelo. No medía más de diez centímetros y tenía una especie de plumas en uno de los extremos. Las pasó por los pechos de Maggie que contuvo el aliento cuando Janine la azotó suavemente sobre un pezón. Esperó su reacción antes de azotarle el otro y continuó así hasta que ambos pezones estuvieron duros y enrojecidos.

Comprobó satisfecha que Maggie tenía la boca desencajada por el esfuerzo de contener el llanto y los labios mojados. Janine se inclinó para meterse uno de los torturados pezones en la boca.

Estaba caliente. Lo ensalivó con la lengua y empezó a chuparlo ansiosamente. Maggie jadeó y Janine comenzó a darle mordiscos con desenfrenada pasión.

Alexander sacó la cámara del trípode y enfocó la lengua de Janine, que empezó a actuar a exprofeso para la cámara, cogiendo uno de los pezones entre los dientes y estirándolo hasta que Maggie no pudo contenerse y gritó. Lo soltó con los ojos entreabiertos y observó cómo el pezón regresaba a su lugar.

Janine se levantó y se colocó en el cabezal de la cama mientras Alexander se apartaba con la cámara. Empezó a masajear las sienes de Maggie con los pulgares.

—¿Te gusta? Voy a hacer que te sientas bien,

Maggie. Voy a demostrar a toda esa gente que nos está viendo lo mucho que te gusta hacerlo con otra mujer.

—¡No...! —se quejó Maggie.

—¡Oh, sí! Te prometo que te va a gustar.

Sacó otro artefacto del bolso. Esta vez escogió un objeto largo con una especie de pequeña pala de goma a un extremo. Lo frotó contra una de las mejillas de Maggie y con satisfacción vio que estaba totalmente confusa.

Era fácil imaginar cómo se sentía la otra mujer con los ojos vendados y sin saber qué ocurriría más adelante. Janine saboreaba su miedo y esto la excitaba sobremanera.

Janine se sentó encima de Maggie, con una pierna a cada lado de su cuerpo y dándole la espalda. Se tomó su tiempo para admirar la imagen que tenía ante sí: las largas piernas tensas y el color de la vulva contrastando con el negro del látex.

El tenso plástico del body le mantenía los labios del sexo abiertos, que revelaban la humedad que se había acumulado en la piel rosácea. El clítoris, hinchado, se erguía orgulloso, como reclamando atención.

Janine recorrió con el dedo anular la ranura de la vagina hasta llegar al botón de placer. Éste comenzó a empaparse de los jugos que salían de la vagina, como invitando a entrar.

Janine echó una ojeada para asegurarse de que Alexander seguía filmando. Luego cogió la pequeña paleta de goma y comenzó a azotar el clítoris endurecido.

Maggie no pudo contener el llanto mientras Janine la golpeaba con la paleta. Se revolvió sobre la cama en un intento de escapar de la tortura, pero Janine cogió el clítoris entre dos dedos para que no pudiera librarse del castigo de los azotes.

La paleta bajó más y más rápidamente hasta que Maggie soltó un grito, en el que se mezclaban el placer y la queja. Janine se lanzó sobre el capullo, lo cogió con la boca y lo chupó hasta que por fin cesaron los espasmos.

Janine se puso en pie y esperó a que Maggie recuperara el control.

—Bueno, guapa, veo que te ha gustado, ¿eh? A ver qué más tenemos por aquí para entretenernos.

Metió la mano en el bolso y sacó un consolador de grandes dimensiones. Antony no pudo reprimir una exclamación de sorpresa desde las sombras y Janine sonrió. Se inclinó sobre Maggie acariciándole la cara con el frío objeto y riéndose al comprobar que Maggie intentaba apartarse.

—¡Ah, sí! Ves, la cosa mejora —dijo en voz baja.

Puso el consolador en marcha y se lo pasó de nuevo por la cara.

—¡No, por favor, no! —gimió Maggie.

Janine lo apagó.

—No te precipites, dulce Maggie. Primero te lo tienes que merecer.

Janine bajó de la cama, se quitó las bragas y se sentó sobre Maggie colocándole el sexo encima de la cara. Al principio aquella boca se negó, pero al cabo de un momento, como si no le quedara más remedio y a regañadientes, sacó la lengua tímidamente y comenzó a lamer recatadamente.

Janine arqueó la espalda y cerró los ojos. Sus dedos encontraron el tierno sexo de Maggie y comenzaron a frotarlo al mismo ritmo que la lengua en su sexo. Maggie sabía instintivamente lo que debía hacer, su lengua se movía con un vigor casi entusiasta.

Aprendía rápidamente. Cuando los dedos de Janine se hundían en la húmeda vagina, la lengua de Maggie los imitaba; cuando los dedos le frotaban el duro clítoris, la lengua de Maggie los seguía. Janine dirigía a esta novicia que yacía bajo ella como un director a su orquesta; era como hacerse el amor a ella misma pero, ¡mucho mejor que una masturbación!

Janine comenzó a sudar al sentir que se aproximaba el orgasmo. Ya no le importaban ni el público ni la cámara. Sólo se podía concentrar en los movimientos rotatorios que efectuaba la lengua de Maggie al tiempo que ella frotaba el clítoris de ésta con sus dedos.

Cuando le sobrevino la primera oleada del clímax, Janine cogió el consolador y lo puso en marcha en la boca del sexo de Maggie. Lo introdujo dentro, muy despacio, cuando su propio orgasmo llegaba a su fin y cayó exhausta sobre la cama.

Maggie no intentaba reprimir las lágrimas de humillación que le corrían por las mejillas mientras tiraban de ella por una cadena. Llevaba el body, los zapatos de tacones altos y el collar alrededor del cuello. Cuando, entre espasmos, le quitaron el consolador y la desataron, se encontró a solas con Alexander. Ya no había ni rastro de Janine ni de Antony y se habían llevado la cámara.

Alexander guardó silencio mientras la ayudaba a librarse del ajustado body de goma. La miraba con ojos brillantes, febriles, y le ató un collar al cuello, del que pendía una cadena.

Al atravesar el bar, Maggie mantuvo la mirada baja concentrada en colocar un pie delante del otro y no dar un traspiés. El bullicio del bar se convirtió en silencio y, cuando todos comenzaron a aplaudir dándole a entender que habían presenciado su humillación, las mejillas de Maggie ardían de vergüenza.

Cuando llegaron al ascensor Maggie suspiró aliviada de que allí no hubiera nadie. Alexander ni siquiera la miró mientras subían y ella se quedó en un rincón sin pronunciar palabra. Aún podía saborear el sexo de Janine en los labios y sintió vergüenza al recordar cómo había disfrutado, incluso el dolor que Janine le había producido había sido dulce. El ascensor se paró y Alexander tiró de la cadena.

Antony y Janine los esperaban. Janine acababa de salir de la ducha y vestía un kimono blanco de seda. Le sonrió levemente y Maggie bajó al vista ruborizándose profundamente.

Alexander la llevó hasta el sofá blanco de piel, pero la hizo sentarse en el suelo sobre la alfombra blanca de borrego que había enfrente. Luego ató la cadena a la mesita como si se tratase de un perro.

Sobre un mueble había un gran televisor de pantalla plana. Encima de la mesita descansaba una cubitera con una botella de vino blanco y tres vasos. El apartamento tenía un ambiente cálido.

Ignorando a Maggie, Alexander ofreció un vaso de vino a Janine y otro a Antony. Se sentaron en el sofá, con Janine en medio de los dos hombres. Sin mediar palabra, Antony cogió el mando a distancia y encendió el televisor.

Maggie se quedó helada al verse a sí misma en la pantalla con los ojos vendados. De alguna manera la imagen de aquella mujer entregada al sexo no la reconocía como ella misma. Se observó fríamente: una figura de una mujer totalmente descontrolada sobre una cama de encaje blanco.

Cuando vio cómo Janine le azotaba los pezones

y al ver que la cámara enfocaba su cara contorsionada, recordó el dolor que le produjo Janine al morderla y chuparla apasionadamente y se le cortó el aliento.

Alexander le ofreció vino para que bebiera, el líquido estaba frío y tomó un gran sorbo. Casi se atragantó cuando vio su propia vulva en la pantalla, abierta y rezumando placer.

—¿Ves lo bonita que eres, Maggie? Tan dispuesta, tan suculenta.

Maggie sintió un escalofrío al oír las cálidas palabras que Alexander le susurraba al oído. El aliento le cosquilleaba la cara y los labios le rozaban la oreja. Maggie no podía creer que de nuevo le comenzara a latir la entrepierna al ver cómo la paleta golpeaba sin piedad su clítoris hinchado. Jamás se había visto a sí misma en el momento de alcanzar el orgasmo.

Alexander tiró de la cadena para alzarle la cara y besarla. Fue un beso frío. En la pantalla vio cómo su lengua lamía frenética el sexo de Janine y cómo su cara reflejaba una intensa concentración. La cámara captó el placer en la cara de Janine. Luego, pasó a mostrar cómo el consolador vibraba en la entrada de su vagina.

Era como si aún lo sintiera: aquel enorme objeto frío que la violaba y que, a su pesar, había recibido con sumo agrado. Era el momento de la humillación final.

Maggie miraba con horror creciente cómo Antony ayudaba a Janine a bajar de la cama y la acompañaba fuera de la cámara, mientras ella permanecía en el lecho con aquel enorme vibrador dentro para después enfocar su cara desencajada por los múltiples espasmos de placer que se apoderaban de su cuerpo.

Capítulo IX

Se hizo un gran silencio cuando la película finalizó y Antony apagó el televisor con el mando a distancia. Maggie se quedó mirando fijamente la pantalla y respirando entrecortadamente mientras la imagen de sí misma seguía grabada en su mente. Jamás se hubiera creído capaz de llegar a tal abandono. Estaba sorprendida y excitada a la vez. ¿Cómo había podido?

—¿Lo ves, Maggie? —dijo la voz profunda de Alexander rompiendo el silencio—. Estás hecha para esto.

Le revolvió el cabello como si de su perro favorito se tratara. Maggie sintió una punzada de deseo hacia él: quería aquel cuerpo cálido y masculino; quería su polla para reemplazar el frío juguete que había usado antes Janine.

Se arrodilló y se acercó todo lo que la cadena le permitía. Sin importarle la presencia de los demás puso su cara en la entrepierna de Alexander. Podía sentir que estaba duro y lo miró con una expresión suplicante en el rostro.

Alexander rió de nuevo mientras se desabrochaba los pantalones. No llevaba nada debajo y la verga larga y fina salió dándole en la cara. Maggie la cogió con la boca ansiosa y comenzó a chuparla apasionadamente. Sentía cómo crecía mientras le pasaba la lengua por debajo subiendo hasta llegar a la punta del glande circundado.

De repente, Alexander la agarró por el cabello, le apartó la cara y le dijo fríamente:

—No me has pedido permiso.

Maggie denegó con la cabeza, mientras el dolor le hacía saltar las lágrimas. Parecía que había perdido la razón, sólo quería tener aquella polla en la boca.

—¡Por favor! —susurró suplicante.

Alexander le dedicó una de sus más zalameras sonrisas pero seguidamente le dijo:

—No, Maggie, nena. Creo que ya has tenido suficiente por hoy. ¡No seas tan glotona!

La besó en la punta de la nariz soltándole el pelo y apartándola con suavidad.

—¿Sabes qué? Como has sido tan buena, te dejaré mirar.

Maggie frunció el ceño sin comprender a lo que se refería. Le siguió con la mirada y vio que Janine y Antony se estaban besando apasionadamente en el otro extremo del sofá. Janine llevaba el albornoz desabrochado y Antony le acariciaba el pecho, mientras ella se apretaba contra él.

Vio cómo se deslizaban sobre la alfombra besándose, mientras Antony se quitaba la camisa y Janine le desabrochaba los pantalones. Maggie se removió incómoda y sintió que empezaba a humedecerse cuando Antony comenzó a chupar un pezón de Janine.

Cuando miró a Alexander vio sorprendida que éste se fijaba en Antony y no en Janine. Maggie tiró de la cadena para ver si podía soltarse, pero estaba muy bien atada y no se atrevió a desatarse. Abatida y resignada se sentó en el suelo con la espalda apoyada en el sofá.

Sintió el suave tacto del cuero en su piel y cómo el pelo de la alfombra le cosquilleaba el sexo. No podía apartar la vista de aquella pareja que tenía tan cerca. Sus juegos amorosos eran cada vez más agresivos: de los besos habían pasado a los mordiscos y de las caricias a pellizcos y arañazos.

Maggie tenía la boca seca y bebió agradecida del vino que le ofreció Alexander. Vio con envidia cómo Antony ponía a Janine a cuatro patas. Maggie podía verle el sexo y la cara a la vez, y cómo meneaba el culo provocativamente.

El pene de Antony estaba erecto y se balanceaba, mientras el sexo de Janine rezumaba de ansias de placer. Alexander salió de la habitación a toda prisa.

El sexo de Janine quedó a unos centímetros de la cara de Maggie y vio que Antony le metía un dedo. Janine empezó a menearse lascivamente mientras Antony jugueteaba metiéndolo y sacándolo. Alexander volvió con un enorme espejo cuadrado que apoyó en el mueble del televisor de forma que Maggie pudo ver simultáneamente la cara y el sexo de Janine que se contorneaba como una gata en celo.

Se quedó ya sin aliento cuando Antony se arrodilló entre las piernas abiertas de Janine, la agarró por la cintura y la penetró con gran ímpetu.

Maggie se fijó en la cara de Janine cuando Antony la embestía. Tenía los ojos cerrados y el pelo revuelto le caía sobre la cara. Sudaba y por entre los labios asomaba la lengua rosada.

Antony se reclinó sobre Janine y se agarró a los pechos para no perder el equilibrio, aprentándolos sin piedad. Maggie notó que Alexander la estaba mirando.

Le sonreía mientras se desabrochaba los tejanos que cayeron al suelo. Maggie comprendió de repente lo que estaba a punto de hacer. Se sentía asombrada y dolida cuando Alexander empezó a acariciar las nalgas de Antony afectuosamente.

Lentamente cogió un tubo de crema y con una mano puso una buena cantidad en la palma de la otra. Embadurnó el ano de Antony con sumo cuidado.

La cara de Antony estaba tensa mientras penetraba a Janine rítmicamente por detrás y apenas aminoró cuando Alexander lo enculó. Maggie observaba la escena que estaba llegando ya a su clímax entre lagrimas de frustración. Primero se corrió Janine, gritando mientras la abrumaban los espasmos de placer. Después, Antony, agarrándose con fuerza a ella para impedir que se apartara, vertía todo su semen dentro de ella, que todavía se convulsionaba. Finalmente se dejó caer sobre ella con un gruñido, aplastándola contra la alfombra. Mientras, Alexander continuaba penetrando a Antony salvajemente hasta que llegó al orgasmo con un grito de triunfo.

Estuvieron un buen rato sin moverse, exhaustos. Alexander se levantó el primero y se abrochó los pantalones; después Antony, soltando a Janine, le siguió. Ella se quedó en el suelo unos instantes recuperando el aliento hasta que por fin se levantó y se vistió en silencio.

Nadie había hecho el menor caso a Maggie. Janine besó a Antony y a Alexander y fue entonces cuando se dirigieron a Maggie que, atada a la mesa, se había convertido en una observadora insatisfecha.

—No la podemos dejar así —le dijo Antony a Alexander.

Se sentaron uno a cada lado de Maggie.

—Pobre Maggie —le susurró Alexander—. ¿Por qué no te alivias?

Maggie no le entendió. Janine le dedicó una de sus sonrisas felinas y fue a buscar el espejo que colocó frente a ella. Maggie notó que se sonrojaba al ver que Janine se arrodillaba detrás del espejo con la barbilla apoyada en el marco y que hacía una señal a Antony y a Alexander. La cogieron por los tobillos y le extendieron las piernas a los lados.

—¡Oh, no! Por favor..., ¡no puedo!

—Silencio... —dijo Antony—. Sólo queremos ver cómo te lo haces... ¡Hazlo por nosotros, venga!

—Maggie, abre los ojos —le ordenó Alexander bruscamente y Maggie enseguida obedeció.

Se podía ver reflejada en el espejo, así como a los dos hombres que le mantenían las piernas abiertas sujetándola por los tobillos con las cabezas doradas a ambos lados de la suya morena. Podía ver su vulva abierta obscenamente y enrojecida y el clítoris, que, a pesar de que lo estaban mirando, asomaba entre los pliegues de piel. Una gota de su fluido, que estaba en el borde de la entrada de la vagina, se derramó deslizándose hasta el ano.

Maggie tragó con dificultad al comprender qué era lo que querían que hiciera: masturbarse ante todos ellos y frente al espejo para que ella también pudiera verse.

—¡No puedo! ¡No puedo! —murmuró.

—Oh, ¡claro que puedes, empieza! —Antony le cogió una mano y la apretó contra la vulva.

El líquido ligeramente pegajoso le mojó la mano y los dedos se le comenzaron a mover casi sin darse cuenta por los pliegues resbaladizos y tiernos del sexo. La conciencia de Maggie se rebelaba contra esta humillación, pero no podía contener la libido que la dominaba.

Alexander comenzó a acariciarle suavemente la oreja con la lengua, mientras ella se frotaba los labios con los dedos. Miró fascinada cómo el sexo se abría como una flor bajo el sol.

—¡Precioso!

Maggie, sin apenas darse cuenta, se reclinó más cómodamente en el sofá metiéndose dos dedos en el interior de la vagina. Los músculos le succionaban los dedos hacia dentro y se metió un dedo más y luego otro más, mientras mantenía las piernas lo más separadas posible.

Tenía calor y el cabello se le pegaba a la frente. Notó que alguien le colocaba un cojín debajo. Así, al quedar más elevada, podía ver mejor su imagen reflejada en el espejo. La boca del ano relucía bañada por los jugos que derramaba su vagina y que, como riachuelos, bajaban entre las nalgas.

Sin importarle las ávidas miradas de los demás, comenzó a hacer círculos alrededor del ano con el dedo mojado. Al apretarlo levemente sintió que el agujero se abría excitado y comprobó que podía introducir la punta del dedo.

—Métalo más —le dijo alguien en voz baja cerca del oído y ella se lo metió hasta la mitad.

Se sentía vacía y, con los dedos de la otra mano, penetró su sexo. Podía notar el otro dedo dentro a través de la fina pared de la vagina y empujó con más fuerza para incrementar esa sensación desconocida e intensa. El clítoris también estaba ansioso.

Una mano masculina le retiró el dedo del ano y se lo reemplazó por uno de los suyos, mientras que otra mano también masculina le apartaba la que tenía en la vagina y ocupaba su lugar. Ahora tenía ambas manos libres para jugar con el excitado clítoris.

No podía contenerse por más tiempo, las sensaciones se habían hecho insoportables, abrió los labios todo lo que pudo con una mano, dejando expuesto el clítoris, y empezó a pellizcarlo con fuerza con los dedos índice y pulgar.

Los dedos de Alexander y Antony llenaban su vagina y su ano, mientras ella se frotaba el clítoris. Se aguantó hasta el límite, hasta que las sensaciones de placer afloraron tan intensamente que por un momento perdió el conocimiento.

Cuando Maggie se recobró, Janine y Alexander ya no estaban y ella se encontraba en brazos de Antony, que le acariciaba el pelo con ternura. Cuando abrió los ojos, le sonrió.

—¿Estás bien? —le preguntó.

Maggie asintió con la cabeza afectuosamente.

Se sobresaltó cuando Alexander entró, pero él también le sonrió y le acarició afectuosamente la mejilla con la mano. Maggie vio indiferente cómo se inclinaba para besar a Antony en la boca.

En silencio, Antony la cogió en brazos y la llevó hasta el cuarto de baño donde Alexander había preparado un baño de espuma caliente. Maggie, exhausta, se sumergió en el agua y permaneció inmóvil mientras la lavaban y secaban y rociaban de talco. Como si de una niña pequeña se tratara, al final le pusieron un pijama que le venía grande.

Bostezó pensando que debía de ser muy tarde. Se apoyó contra Alexander mientras la llevaban al dormitorio y se metió en la enorme cama entre Alexander y Antony, acurrucándose entre ambos cuerpos. Se sentía protegida, segura..., y amada. El sueño se apoderó de ella dulcemente.

A la mañana siguiente tomaron el desayuno en la cama. Maggie se acordaba de la noche anterior como si hubiera sido un sueño, pero ¡aquí estaba entre estos dos hombres, comiéndose un crujiente croissant y dejando migas por todas partes!

La suave luz de la mañana había borrado la dureza que Alexander había demostrado la noche anterior y estaba encantador, con la cara relajada después de dormir plácidamente. Antony estaba de buen humor y hablaba de los planes que tenía para ese fin de semana mientras servía el café.

Maggie se sentía desorientada, era sábado y no tenía ningún plan. Por eso desbordó de alegría cuando Alexander le sugirió que pasara el resto de la mañana con ellos. Se quedaron en la cama charlando amigablemente hasta la hora de comer y Maggie no supo si estar agradecida o aliviada de que ninguno de los dos intentara nada con ella.

—¿Te gusta tu trabajo, Maggie? —le preguntó Antony.

—¡Claro! —respondió automáticamente.

Pero Maggie enseguida se dio cuenta de que últimamente su carrera había estado en la última escala de sus prioridades.

—¿Lo cambiarías? —le preguntó esta vez Alexander.

Se giró hacia él perpleja.

—¿Para hacer qué?

—Antony te quiere hacer una proposición.

Maggie miró a Antony inquisitivamente y le pilló mirando a Alexander afectuosamente.

—Necesito un ayudante —le dijo sonriente.

—¿Un ayudante? ¿Quieres decir aquí en el club?

La idea le hubiera parecido divertida si no hubiera sido por la mirada insistente de Alexander. De repente, el ambiente cambió y Maggie notó que empezaba a sentirse tensa. Tuvo buen cuidado de no mirar a Alexander mientras Antony decía:

—De momento tengo a una chica, Jackie, que

trabaja aquí, pero se va a finales de mes y necesito que alguien ocupe su lugar.

—¿Y crees que yo estoy cualificada para el puesto? —dijo Maggie incrédula.

—El trabajo requiere que vivas aquí —continuó Antony sin hacer caso de su incredulidad—, y creo que el puesto te iría bien.

—¿Vivir aquí? —repitió Maggie estúpidamente.

Alexander le hizo dar la vuelta para que lo mirara. Como Maggie suponía, se encontró otra vez con aquella mirada intensa que la hacía temblar.

—Vivirías aquí, con Antony y conmigo —le dijo mirándola con sus profundos ojos azules.

El lunes por la mañana en la oficina, Maggie recordó la escena: Antony se la había quedado mirando con una sonrisa alentadora como si fuera la cosa más normal del mundo pedir a alguien que se instalase a vivir con dos hombres que eran amantes. De repente, sintió la necesidad de salir corriendo, de huir de su presencia dominante.

Tenía sensación de claustrofobia y sabía que, si no se distanciaba de la situación inmediatamente, acabaría accediendo a cualquier cosa. Ninguno de los dos había intentado persuadirla, permanecían perezosamente en la cama mientras miraban cómo se vestía.

—Me tengo que ir —les dijo incómoda—, gracias por la proposición. Os lo agradezco pero..., necesito algún tiempo para pensármelo. Ya vendré a veros la próxima semana y os diré algo.

Ninguno de los dos dijo nada y Antony le echó un beso mientras Maggie se iba muy confusa.

Desde entonces no había pensado en otra cosa. Las imágenes de la otra noche danzaban en su mente: su reticente subyugación a Janine, las tendencias exhibicionistas que había descubierto en sí misma, la frustración al ver cómo los tres..., y la humillación final al verse obligada a masturbarse delante de todos.

—¿Maggie? ¡Maggie! ¡Últimamente siempre estás en la luna!

Dio un respingo cuando Jim, su jefe, le tocó el hombro. Se sentía como una colegiala a la que hubieran pillado con las manos en la masa. Murmuró algo ininteligible y cogió una carpeta escondiendo la cara ruborizada entre los papeles que había dejado acumular sobre la mesa.

La tarde siguiente aún pensaba en ello. De hecho, no era la primera vez que le proponían algo, es más, incluso había vivido con un tipo, pero..., ¿con dos? Juntó las piernas mientras se lo planteaba.

Por suerte Janine se había mantenido alejada. Maggie no estaba segura de cómo reaccionaría ante su sonrisa felina y tampoco sabía cómo tomarse lo que había sucedido entre ellas.

Pescó a Bob mirándola de reojo, lo que le hizo reflexionar que su capacidad de concentración se había reducido al mínimo. Después del desastre con el asunto de Jefferson unas semanas atrás era consciente de que tenía que andarse con mucho cuidado, ya que la competencia en ese trabajo era feroz y Bob estaría más que contento de poder ocupar su puesto.

Dos días más tarde no se sorprendió cuando recibió una nota de que debía acudir a la dirección. Al salir del despacho del director se preguntó por qué no estaba afligida en lo más mínimo. La frase «despedida» danzaba por su mente, pero le daba igual.

Recogió la mesa como una autómata y sonrió cortésmente a Bob cuando éste, hipócritamente, le dijo que lo sentía. El cabroncete ya estaba mirando la mesa con ansia y seguramente escogiendo el mejor lugar para colocar sus cosas.

Janine se le acercó verdaderamente preocupada.

—Pero, Maggie, ¿qué vas a hacer ahora?

—Todavía no lo sé.

Janine la miró sagazmente.

—No pareces estar muy preocupada.

Maggie la miró inexpresiva y sonrió.

—He tenido otras ofertas —dijo airosamente, recogiendo sus pertenencias.

—Sé en lo que estás pensando, Maggie, pero por favor no tomes ninguna decisión precipitada, piénsatelo muy bien.

—¿Oh?

—Es que... —Janine frunció el ceño y de repente ya no parecía estar tan segura de sí misma—, no me gustaría ver cómo te hacen daño —dijo inesperadamente.

Maggie se acordó del pequeño bolso negro de Janine, de lo que contenía, y alzó una ceja irónicamente. Janine tuvo la delicadeza de sonrojarse.

—Quiero decir emocionalmente.

Maggie fue escueta.

—Creo que sé cuidar de mí misma. No voy a tomar ninguna decisión precipitada.

De repente, Maggie se sintió liberada y, siguiendo un impulso, besó a Janine en la mejilla.

Salió del edificio medio andando, medio corriendo hasta llegar al coche. Se dirigió directamente al Club Orquídea Negra.

Capítulo X

Maggie descansaba con los ojos cerrados inmersa en un baño de espuma caliente. Se sentía en la gloria. Eran las siete de la mañana y nadie la molestaba, no había ni un alma en el club. Había reservado el *jacuzzi* y lo disfrutaba a sus anchas.

Llevaba viviendo seis semanas en aquel lugar con Antony y Alexander y se preguntaba si no estaría perdiendo la noción de la realidad. Hoy ocupaba el puesto de Jackie como suplente y debía entrevistar a los nuevos monitores.

Cada hombre había sido cuidadosamente seleccionado por Antony y por Alexander que, tras las entrevistas preliminares, habían eliminado aquellos que de entrada ya no encajaban. Ella decidiría cuál de los cinco finalistas iba a ser el más popular entre las mujeres.

Judd se iba después de haber trabajado casi un año en la Orquídea Negra y Dean iba a ser despedido porque transgredió la norma de no mantener relaciones fuera del club. Antony consideraba que la cantidad de socios inscritos en la Orquídea Negra era más que suficiente como para emplear a más monitores. En resumen, los cinco estaban en manos de Maggie.

Ella sonrió, las burbujas borboteaban alrededor de sus muslos y llevaba el pelo recogido con una cinta de algodón. Nunca iba maquillada a esas horas de la mañana y no le importó que el agua le salpicara la cara, más bien al contrario, disfrutaba del cosquilleo que le producía en las mejillas.

Maggie aspiró profundamente y se sumergió totalmente en el agua caliente, cuando volvió a la superficie se quedó flotando por encima del escalón que rodeaba la piscina.

La luz que se reflejaba en la superficie y el suave murmullo del aire acondicionado creaban un ambiente de paz. Separó las magníficas piernas lentamente. Nunca antes había tenido el cuerpo tan torneado, ni la piel tan suave y aterciopelada.

Desde que estaba con Antony y con Alexander era la primera vez que le permitían bañarse sola. En otras ocasiones siempre aparecía alguien con perfumes, talcos o lociones. Lo único que se esperaba de ella era que se instalara en el agua y dejara que la frotaran, acariciaran y perfumaran.

Alexander era el mejor, era un perfeccionista, le pulía la piel de mil formas, como si se tratara de una porcelana valiosa. Ya no mantenía con ella ningún contacto sexual, ni siquiera cuando se excitaba de forma evidente al tocarla, y Maggie..., Maggie había aprendido a no tomar la iniciativa por temor a hacerle enfadar. No, enfadar no era el término exacto, matizó. Abría y cerraba las piernas en tijera y gozaba del cosquilleo que producían las burbujas sobre la piel y el sexo.

Enfadado no era el término más preciso para definir la reacción de Alexander las contadas veces en que ella había tomado la iniciativa para relacionarse sexualmente con él. Tal vez, desilusionado. Lo cierto es que siempre que había ocurrido se había sentido como una niña a la que han pillado con las manos dentro de la caja de las galletas sin permiso.

Lo que menos le gustaba de su vida en común con los dos hombres era que sólo le estaba permitido hacer el amor con Antony. Si bien no les importaba que estuviera presente cuando se lo montaban entre ellos, e incluso algunas veces la dejaban participar, jamás podía estar con Alex a solas. Maggie suspiró mientras desconectaba el *jacuzzi* y luego, envuelta en una inmensa toalla blanca, se encaminó hacia el baño privado de la oficina, al lado de la piscina. Antony la estaba esperando cuando ella subió al apartamento.

—¿Ya estás lista para las entrevistas, Maggie?

—¿No puedo desayunar antes?

—Que sea un desayuno ligero, cielo. No te aconsejo que te lo montes con cinco tíos teniendo el estómago lleno.

Sirvió café para ambos y Maggie le miró de reojo. Había usado un tono ligeramente cortante y detecté en él un cierto resentimiento que ya le había notado un par de veces.

—¿Va todo bien, Antony?

Él la miró y sonrió con cierta amargura.

—No me hagas caso. Esta mañana me he levantado con el pie izquierdo.

Cuando la dejó sola, Maggie se dio cuenta de que Alexander no había vuelto en toda la noche e intuyó que ésa era la causa del malestar de Antony. Como por telepatía, se abrió la puerta y apareció Alexander. Cada vez que se iba de ese modo, sin decir nada, regresaba con un excelente humor y la besó efusivamente antes de sentarse en el sofá a su lado.

—¡Uf, estoy agotado! —se quejó.

Mientras él se servía café, Maggie lo observaba veladamente. Nunca parecía sentir la necesidad de justificar o explicar lo que había hecho. ¿Sabía que su comportamiento sacaba de quicio a Antony? Cuando se encontraron los dos en la sala, Maggie pudo sentir la tensión que había entre ellos y cómo Antony se reprimía para no interrogarle acerca de sus andanzas. Alex tan sólo le dedicó una sonrisa antes de dirigirse a ella.

—Quiero que me puntúes a cada uno de los tíos que he escogido del uno al diez. Quiero que les valores el gancho que tengan, la actitud que muestran hacia ti, su predisposición e inteligencia, etc. No olvides, sobre todo, las necesidades que tienen nuestras clientes. No los juzgues de una manera puramente subjetiva, ¿vale?

—De acuerdo. Pero ¿qué pasa si alguno se me va de las manos? —se sonrojó al ver la mirada irónica de Alexander—. Quiero decir, si yo no quiero y él..., pues bueno, ya me entiendes.

—Antony y yo vamos a estar controlando a través del espejo. Si tienes algún problema nos haces una señal y te rescatamos.

Maggie levantó la mirada al cielo. Debía haberlo imaginado.

—¿No vais a aburriros de mirarme toda la mañana? —les dijo algo molesta.

—Ya nos inventaremos algo si la cosa se pone muy monótona, ¿no, Antony?

Antony se limitó a encogerse de hombros y no respondió. Pero Maggie sabía a ciencia cierta que Alexander acabaría haciendo lo que quisiera. Siempre lo conseguía.

Más tarde en el amplio y lujoso despacho que le habían asignado, Maggie empezó a ponerse nerviosa. Paseaba de un lado para otro de la sala.

Frente a la ventana, desde la que se divisaba la ciudad, había dos sillones de mimbre y una mesa de cristal sobre la cual había dispuesto bebidas y canapés. Una cafetera en la esquina desprendía un dulzón aroma de café.

Corrió, nerviosa, las cortinas amarillas de seda y dio unas vueltas por la habitación encendiendo varias luces repartidas estratégicamente. Había un amplio y confortable sofá tapizado también en seda amarilla, colocado contra la pared opuesta al espejo espía.

Miró el reloj y vio que ya era hora de empezar. Todavía se demoró unos minutos. Parecía todo tan aséptico, tan frío, ¡y tenía que hacer el amor con cinco hombres a los que nunca había visto!

Vestía una bata larga de seda color crema que cuando caminaba rozaba el suelo. Debajo no llevaba nada más y esto la hacía sentirse vulnerable.

—¿Qué te pasa, Maggie? —la voz de Alexander a través del interfono la sobresaltó.

—Nada. Me siento un poco rara, eso es todo. Bueno..., puede que esto no haya sido tan buena idea.

—Ya sabías lo que implicaba el trabajo, Maggie. ¿No querrás echarte atrás?

El tono de Alexander era duro y Maggie se quedó quieta y respiró profundamente. Tenía razón, ella ya sabía qué tipo de trabajo era cuando lo aceptó. Confiaba en que él la ayudaría si alguien se descontrolaba, y en realidad no quería perder el empleo, entre otras cosas porque le gustaba vivir con Antony y Alexander y la sola idea de que éste pudiera molestarse con ella, le hizo responder:

—Por supuesto que no.

—Eres una buena chica, Maggie. ¡Venga!

Maggie apretó un timbre que tenía en el escritorio y la recia puerta de roble se abrió silenciosamente. Abrió los ojos sorprendida cuando vio entrar por la puerta a una mole oscura de enormes hombros y con una piel brillante como el ébano pulido. El blanco de sus ojos resaltaba la negrura de su piel y cuando le dirigió una sonrisa, Maggie quedó maravillada por la blancura de los dientes. Tras cerrar la puerta, pudo admirar la forma de los músculos de los hombros que se marcaban a través de la camiseta negra. Al acercarse vio un abultado e inconfundible paquete bajo los tejanos ajustados.

Alzó la mirada cuando él se paró ante ella. Tragó saliva para humedecerse la garganta, ya no estaba nerviosa: ¡era un encanto de chico!

—¡Hola! —dijo haciendo un gesto con la mano—. ¿Tú eres...?

—Constantine G. Winchester tercero —replicó, sonriendo al ver su expresión de sorpresa—, pero mis amigos me llaman Con.

Tenía una bonita voz, dulce y fuerte como un buen brandy. Maggie sintió la necesidad de hacerle hablar por el simple placer de oír aquel sonido profundo y bien modulado pero, cuando le tendió la mano, todo eso le pareció insignificante.

Maggie se dejó abrazar. A pesar de que llevaba unos zapatos de tacón alto, tenía que alzar el mentón para mirarle. Quedó gratamente sorprendida cuando él se inclinó para besarla en la boca.

El beso la dejó sin aliento, sus lenguas se envolvían y se movían con frenesí. Era muy fuerte y casi sin esfuerzo la apretó contra sí y la levantó como si fuera una pluma. Su erección la intimidó, y se sintió débil cuando la sostuvo con una mano, mientras que con la otra le abrió la bata.

Él apoyó un pie sobre el escritorio y la sentó sobre su rodilla. Con la mano le tocó el pecho. Maggie se excitó al ver el contraste de su piel blanca contra el negro de aquella mano que le acariciaba hábilmente el pezón. Él colocó la cabeza sobre su pecho y ella le acarició la piel tibia y aterciopelada. Maggie cerró los ojos cuando él le chupó el pezón sintiendo una corriente desde el pecho hasta el centro de su sexo.

Con le quitó la bata y la dejó caer al suelo; estaba desnuda. A pesar de que la habitación estaba caldeada, se le puso la piel de gallina cuando le pasó la palma de la mano por el costado hasta la cadera, frotándola como si quisiera pulirla antes de agarrarle el muslo y flexionarle la pierna por la rodilla. Usó la mano libre para desabrocharse la bragueta y liberar el pene hinchado de los tejanos ajustados. A Maggie se le escapó una mueca cuando aquella monstruosidad la apuntó con un glande suculento y se le hizo la boca agua al verse a sí misma saboreando la salada gota que brotó de su centro. Sin embargo, Con la detuvo con tanta rapidez que no pudo ponerlo en práctica.

Se bajó los pantalones hasta los muslos, sentó a Maggie al borde de la mesa y se colocó entre sus piernas abiertas. Con ambas manos tomó los labios de su sexo y los separó. La trataba con suma delicadeza. Maggie miraba paralizada cómo acariciaba los labios de su sexo y cómo, en el momento en que encontró su punto de placer, lo pellizcó haciéndole vibrar.

Se quedó un poco frustrada cuando él retiró las manos, pero enseguida las colocó de nuevo bajo el culo, una en cada nalga, como si fueran una cálida almohadilla entre su piel y la madera del escritorio. Luego la alzó, aguantando todo el peso con las palmas, y colocó su oscilante pene en la entrada del sexo de Maggie. Ésta gimió cuando él la penetró, sentía como si aquella vara la fuera a partir. Le pasó los brazos por el cuello mientras él movía la pelvis de arriba abajo y le frotaba el clítoris con el vello del vientre.

Era tan fuerte, tan sólido, que Maggie se refugió en él, incapaz de resistirse a sus manipulaciones. Él había cerrado los ojos y tenía los labios entreabiertos. Una capa de sudor bañaba su labio superior y en el cuello se le marcaban los nervios por el esfuerzo.

Con un ritmo implacable el vientre presionaba el clítoris y Maggie se estaba poniendo a cien, mientras aquella inmensa polla entraba y salía de su sexo. Cerró los ojos y se centró en sus sensaciones.

En el momento en que Maggie alcanzó el orgasmo se produjo una explosión de colores tras sus párpados, como si estuviera mirando por un caleidoscopio. Tenía los tobillos cruzados en la espalda de Con y continuó moviéndose para hacerle explotar a él también. Al final emitió un sonido profundo y gutural y lanzó su esperma caliente dentro del sexo que todavía se movía del placer.

A pesar de todo, Con proseguía firmemente anclado al suelo, no se había movido un ápice, a pesar de haber estado sosteniendo a Maggie todo el tiempo. Después la depositó con suma delicadeza en el suelo de pie, frente a él.

Maggie se apoyó en el escritorio y miró cómo se subía tranquilamente los pantalones, guardaba dentro el fantástico miembro y se abrochaba la bragueta. Le dedicó una sonrisa y ladeó la cabeza como esperando que ella dijera algo.

—Gra..., gracias, Con —le dijo ella con voz trémula—. Estaremos en contacto.

Pareció como si él fuera a decir algo, pero sólo hizo una mueca, meneó la cabeza y salió con el mismo desenfado con el que había entrado. Maggie miró admirada la perfección de aquel culo. Cuando estuvo sola se quedó pensativa y se pasó los dedos por la melena despeinada.

La sobresaltó el ruido de la puerta. Había entrado otro hombre sin que ella hubiera presionado el timbre para indicar que estaba lista. Necesitaba tiempo para asearse.

—Un momento, yo... —tartamudeó mientras inspeccionaba al hombre que se quedó indeciso en el quicio de la puerta.

El aspecto de aquel hombre no podía ser más opuesto al de Con, resultaba casi gracioso; parecían incluso pertenecer a especies diferentes. Era mucho más bajo, casi de la misma altura que Maggie, y escuálido. Tenía el pecho prácticamente cóncavo y los hombros redondeados; la camiseta le quedaba holgada así como los pantalones. Maggie pensó que se trataba de alguien que se encargaba del mantenimiento o cualquier otro asunto que podía dejar para más adelante.

—Lo siento —Maggie sonrió educadamente—, ¿podría volver más tarde?

Él parpadeó indeciso y movió los pies. Maggie se esforzaba en controlar la impaciencia pero tenía que ir urgentemente al lavabo y además el semen de Con le resbalaba por los muslos.

—En estos momentos estoy ocupada —explicó—. Como puede ver, estoy en medio de las entrevistas.

Si le pareció raro que Maggie estuviera haciendo entrevistas vestida únicamente con una bata de seda, no lo demostró, sino que juntó las manos como para darse ánimos para hablar y cuando finalmente lo consiguió lo hizo con una voz chillona que revelaba sus nervios.

—Perdóneme, pero soy el siguiente candidato, señora.

Maggie le miró y tuvo que aguantarse la risa.

—Hmm, bueno, lo siento, pero creo que ha habido un error. ¿Sabe en qué consiste el trabajo?

—Oh, sí, señora, y creo que estoy bien preparado, aunque esté mal decirlo.

A Maggie la estaban poniendo nerviosa aquellos modales remilgados y le preguntó bruscamente:

—¿Cuál es su nombre?

—Malcolm, señora.

Por poco no le había hecho una reverencia.

—Encantada de conocerte, Malcolm, pero creo que no acabas de encajar en este trabajo.

Esperaba que con este comentario se diera por enterado, pero vio que la miraba esperanzado a través de los grandes y marrones ojos perrunos. Ella suspiró, el pobre tipo era de lo menos estimulante. No sólo no le importaba mendigar, sino que además tenía el pelo como de rata y parecía un cepillo sobre la cabeza. Ella perdió la paciencia y le espetó:

—Mira, Malcolm, necesito ir al lavabo y ducharme, y no tengo tiempo para discutir contigo. ¿Me has entendido?

—Oh, sí, señora, pero si me permitiera..., ¿puedo?

Maggie frunció el entrecejo: quizá si le seguía la corriente, se marcharía. De repente, ante el asombro de Maggie, Malcolm se arrodilló y empezó a besarle los pies.

Incómoda, echó una ojeada al espejo espía, pensando que Antony y Alexander estaban mirando. Era nuevo para ella encontrarse a un hombre tan sumiso y no estaba segura de que le gustara. Malcolm le levantó la bata de forma casi reverente y comenzó a lamerle el interior del muslo.

Maggie se puso en tensión al notar que una nueva gota de semen se le escurría por la pierna y Malcolm la lamió golosamente como si fuera el néctar más delicioso. A pesar de todos los déficits que, según ella, tenía Malcolm como macho, reconocía que poseía una maravillosa y sedosa lengua. Maggie se apoyó relajada en el escritorio, abrió las piernas y le ofreció el sexo.

Cerró los ojos para olvidarse del aspecto de Malcolm y concentrarse en el placer que le proporcionaba con la lengua. Después de la relación mantenida con Con, Malcolm fue un bálsamo para su sexo.

Le mordisqueó el clítoris hasta que la embargaron los espasmos, que no la sacudieron con la misma fuerza como con el orgasmo que le produjo Con, sino de una manera mucho más suave. Maggie sonrió, estaba contenta de comprobar la habilidad de Malcolm.

Desgraciadamente, este orgasmo le había aflojado los músculos y cuando Malcolm introdujo la lengua, Maggie no pudo reprimir un chorrito de orina.

Se sintió humillada al no poder detener el chorro, pero a Malcolm no parecía importarle y no se movía. Con la lengua dentro, Maggie sintió que no podía controlar por más tiempo la necesidad de mear, y vio horrorizada cómo el líquido amarillento se derramaba sobre la cara y el cuello de Malcolm, que tenía los ojos cerrados y la boca abierta. Al mismo tiempo, éste se había bajado la cremallera de la bragueta y se estaba masturbando como un poseso. Cuando Maggie acabó, le sobrevino el orgasmo y el semen le salió a chorro mezclándose con los restos de orina.

Maggie, asqueada, levantó el pie y le golpeó en

el hombro con la punta del tacón. Malcolm perdió el equilibrio y quedó en el suelo retorciéndose de placer.

—¡Pequeño gusano asqueroso! ¡Procura no estar aquí cuando vuelva!

Se precipitó al cuarto de baño reservado y cerró la puerta con pestillo. El espejo le devolvió una cara crispada por la cólera y súbitamente se echó a reír. ¡Aquel hombre no tenía precio! ¿A cuántas de sus clientes, unidas a hombres rudos y dominantes, no les gustaría desquitarse con él? Malcolm, sin duda, había gozado de cada segundo de humillación que ella inconscientemente le había infligido.

Se tomó su tiempo para una ducha reparadora, se cambió de ropa, se puso otra bata y volvió al despacho. Comprobó, aliviada, que Malcolm había desaparecido. Alguien se había encargado de limpiar y perfumar la sala. Maggie presionó el interfono:

—Que pase el siguiente.

Capítulo XI

*E*l siguiente candidato entró en el despacho dando un salto. Estaba en forma, se le veía saludable y era joven, muy joven. Iba vestido con un chándal.

—Soy Jason —se presentó sin más preámbulos, intentando ocultar que la estaba observando.

Maggie contuvo una sonrisa de cortesía al darse cuenta, por el bulto de debajo de los pantalones, de que ya tenía una erección.

—¿Cuántos años tienes, Jason? —le preguntó, reprimiéndose las ganas de preguntarle también si su madre ya estaba al corriente de esta visita.

Jason parecía un angelito, esbozó una mueca descarada en su cara de niño.

—Todos me preguntan lo mismo. Tengo veinte..., bueno, de acuerdo, dieciocho, ¡de verdad! —se rió al ver la cara de desconfianza de Maggie—. Si quiere, puedo enseñarle mi carné de conducir.

—No será necesario —le contestó con rapidez.

Estaba segura de que estos datos ya habían sido comprobados antes de hacer la entrevista. Ella tenía que limitarse a comprobar si con dieciocho años era capaz de llevar a cabo el trabajo.

—¿Te gustan las mujeres, Jason?

—¿Quiere apostar algo?

—¿Todas las mujeres?

—Altas, bajas, gordas, delgadas, rubias, morenas, pelirrojas...

129

—¡Vale, vale! —dijo riéndose—. Ya he comprendido.

Ella se paseó despacio a su alrededor, contoneando exageradamente las caderas, para comprobar su reacción. Él se limitó a mirarla de arriba abajo como un experto tasador.

Tenía una cara que reflejaba franqueza, de fina mandíbula, los ojos azules, una barba incipiente de vello rubio y una marcada hendidura en el centro de la barbilla. El cuerpo era bello y proporcionado, las piernas eran largas y finas; el torso, más bien ancho. Al estar cerca de él, Maggie olió un aroma fresco a limón, y notó que se le movía la polla.

—¿Te gusta joder, Jason? —le preguntó en tono grave.

Palideció ligeramente, pero le aguantó la mirada.

—¿Quiere apostar algo? —repitió.

—Hmm, ¿iguala tu habilidad a tu entusiasmo?

—¿Quiere probarme?

Maggie sonrió y le acarició la mejilla.

—¡Claro que sí! —le susurró.

Jason se lanzó apasionadamente contra su boca y a Maggie se le aceleró el pulso. Parecía tan joven, ¡no se le iban a despertar ahora los instintos maternales! Le cogió de la mano y lo condujo hasta el sofá, donde ella se tendió y él se colocó encima.

Se preguntaba si Antony y Alexander se lo estarían pasando bien, mientras ella saboreaba sus besos.

Levantó los hombros para que le resultara más fácil desnudarla. El pecho le quedó al descubierto y notó su apreciativa mirada.

—¡Dios, eres preciosa! —suspiró.

Maggie reprimió una sonrisa al ver que lo decía convencido; en boca de cualquier otra persona esto hubiera parecido una frase convencional, pero pronunciada por Jason sonaba fresca y espontánea. Maggie le acarició la cabeza cuando él la puso sobre el pecho y le chupó el pezón.

Unos tímidos escalofríos de placer le recorrieron la espalda y empezó a humedecerse entre los muslos, al sentir aquel cuerpo joven apretarse contra el pubis. Las manos de Jason la acariciaban por todo el torso, le besaba delicadamente la parte interior del brazo, luego la clavícula, y el otro brazo hasta llegar a la mano.

Maggie le ayudó a quitarse los pantalones y los calzoncillos. Su pene, como el resto del cuerpo, era fuerte y bello, con un magnífico glande rosado oculto bajo la sedosa piel. A Maggie le hubiera gustado probar aquel bello ejemplar, pero era consciente de que tenía poco tiempo.

Su labor consistía en valorar a los candidatos desde un punto de vista femenino. El placer que esto le produjera no era lo principal. Se recordó todo esto a sí misma y empujó la cabeza de Jason para abajo. Él reaccionó abriéndole la bata y separando sus muslos.

Cuando notó el contacto de la lengua en la vulva ardiente, Maggie suspiró. La sensación era completamente diferente a la experimentada con los lengüetazos histéricos de Malcolm, Jason lamía como si estuviera degustando un delicioso manjar.

Maggie abrió más las piernas para que Jason pudiera acariciarla más fácilmente. Él no la decepcionó y emitió un gruñido de satisfacción cuando la penetró con la lengua dura. Una sensación de bienestar se apoderó de ella cuando empezó a acariciarle el clítoris con el dedo y, al notar que se corría en su boca, le pasó las piernas alrededor del cuello.

Maggie le sonrió cuando él levantó la cabeza: tenía los ojos vidriosos, la barbilla mojada por sus secreciones y sonreía a su vez. La besó por todo el torso hasta llegar a la boca.

Maggie, con las piernas alrededor de la cintura de Jason y el sexo abierto ante él, dejó que la penetrara con el pene hinchado. Él suspiró al sentirse dentro y se quedó quieto unos instantes antes de empezar a moverse lentamente al principio. Maggie le ayudaba alzando el culo para que entrara más profundamente.

Abrazados se cayeron del sofá y rodaron por la alfombra. Tan pronto Maggie estaba encima de él como él estaba encima de ella.

Maggie sentía cómo la polla rozaba en su interior, causándole gran placer. Cerró los ojos, Jason le arañaba los hombros y el movimiento de ambos se hizo frenético. Él lanzó un alarido cuando se corrió y le cubrió la cara de besos.

—¡Dios, eres fantástica! —gimió con voz entrecortada.

Maggie abrazó la cabeza de Jason entre sus pechos hasta que la respiración se normalizó. Se sentía enternecida ante la gratitud que él demostraba. Su forma de hacer era más entusiasta que refinada, y era energético y honesto. Quedó con ganas de repetir la experiencia.

Dejó que se refrescase en el cuarto de baño mientras ella pedía unas bebidas. Él se bebió la Coca-cola de un trago, mientras Maggie sorbía la suya admirando los músculos del cuello de Jason al tragar.

Él le hizo una mueca y le devolvió el vaso vacío.

—Gracias, ¡lo necesitaba! ¿He conseguido el trabajo?

Maggie sonrió.

—Estaremos en contacto —dijo.

En su cara se dibujó un gesto de decepción.

—¡Oh!

Maggie no podía dejarle marchar de esa manera, así que se acercó a él y le besó en la mejilla.

—Estoy segura de que volveremos a vernos —le susurró de espaldas al espejo para que sólo la oyera él.

Jason recuperó la cara de felicidad y la abrazó.

—Bueno, pues, ¡hasta la vista! —y se marchó con un paso más firme que cuando entró.

Maggie se tomó algún tiempo para recomponerse. Ahora ya sabía por qué Alexander había decidido controlar las entrevistas: no le cabía la menor duda de que disfrutaba viendo cómo se lo montaba con los cinco, uno tras otro. Tembló ligeramente y se dijo que daría cualquier cosa por saber lo que estaba pensando.

Cuando se hubo lavado, tomó asiento al lado de la ventana para poder, de este modo, ver al siguiente candidato antes de que él pudiera verla. Se abrió la puerta y apareció un joven con el pelo largo, rubio oscuro, y los ojos azules. Llevaba unos pantalones de cuero marrón estrechos y una camisa blanca desabrochada hasta el ombligo.

—Hola, muñeca, soy Darren —dijo entre dientes.

Maggie dio un respingo: aquel joven parecía una caricatura de una estrella de rock de los años setenta.

—Hola, tome asiento, por favor.

Le indicó el otro sillón de mimbre, él lo rodeó y fue a sentarse desmañadamente en el borde. La miró a ella y luego le echó un vistazo a la habitación. No sabía muy bien qué hacer con sus manos y tan pronto se tocaba la barbilla como las dejaba sobre las rodillas torpemente. Al rato pareció no poder soportar el silencio por más tiempo y dijo:

—Bueno, empezamos, ¿o qué?

Maggie le hubiera dicho «piérdete», pero se sentía falta de energía. Se levantó, lanzó una mirada al espejo espía y se volvió hacia Darren quitándose el cinturón y dejando caer la bata al suelo; luego se quitó los zapatos y esperó.

Los ojos azules se abrieron de par en par, fijos en sus pechos. Después se levantó y se desnudó. Tenía un bello cuerpo, pensó Maggie desapasionadamente, mejor incluso que el de Jason; entonces, ¿por qué no la excitaba verlo así, anhelante, desnudo y erecto?

La mano de Darren sobre su piel resultaba fresca y experta, como si siguiera un ritual aprendido de memoria. Le acarició el cuello y le pellizcó el pecho, la besó ardientemente y la llevó hasta el sofá.

Maggie estaba pensando en la cena que Alexander dijo que prepararía con uno de sus platos preferidos. Darren le metió la mano entre los muslos y vio satisfecho que estaba mojada —él no sabía que había estado con dos hombres antes, lo que sin duda le favorecía—, apartó sus muslos y la penetró de un golpe.

Estaba tan ensimismado, tan ocupado en conseguir su propio placer que seguramente había olvidado quién era ella, y no se dio cuenta de la mueca que Maggie dirigió al espejo espía.

—¡Sí, oh, sí! —gritó mientras se corría.

A Maggie le entraron unas ganas locas de reír. Él se incorporó y ambos se vistieron en silencio. Darren se sentía muy satisfecho de sí mismo y, mientras se abrochaba los pantalones de cuero, le preguntó a Maggie orgullosamente:

—Y bien, querida, ¿cuándo empiezo a trabajar?

Maggie, que no deseaba otra cosa que bajarle los humos, ahora tenía la oportunidad:

—Nunca.

—¿Ehhh?

—Creo que enfocas mal el trabajo, querido. Éste es un club exclusivo para mujeres inteligentes y no un picadero para nuestros empleados.

—¿Qué, qué dices?

Maggie pasó por alto el tono que había empleado y continuó:

—Que no sirves, querido.

—Nunca he tenido ninguna queja.

—A lo mejor no les has dado la oportunidad de hablar. ¿O sí?

Ambos se sobresaltaron al oír la voz de Antony detrás.

—¿Qué crees que te están diciendo?

Darren dio un paso hacia Antony pero, al comprobar la superioridad física de éste, lo pensó mejor.

—Te están diciendo que es hora de que te vayas, y procura aprender modales para cuando vuelvas a encontrarte con una dama.

Darren se precipitó a la puerta, rojo de cólera. Antes de cruzar el umbral se volvió a Maggie y le gritó:

—Yo te diré cuál es tu problema, nena, ¡eres frígida!

—¡Lárgate! —dijo Antony.

—De todas maneras, ¡no me lo he pasado bien, jodida tortillera! —dijo y salió dando un portazo.

Antony miró a Maggie frunciendo el ceño.

—¿Estás bien?

Asintió y empezó a reír a carcajadas. Antony se unió a ella.

—¡Frígida! —dijo él.

Se abrazaron y estuvieron riendo hasta que les saltaron las lágrimas. Cuando se recobraron Antony le apartó tiernamente el pelo de los ojos y le dijo mirándola:

—Lo siento, no sé cómo se ha podido colar ese borde.

Maggie se encogió de hombros.

—No te preocupes, me las he visto con tipos peores. Seguramente ha sido una broma de Alexander.

—Puede que tengas razón. Si estás bien, podríamos ir a por la última entrevista.

—¿Es un tipo civilizado?

—Te lo garantizo.

Maggie se rió.

—¿Ya lo has probado?

Antony se desprendió de ella y se fue hacia la puerta.

—Ocúpate de tus asuntos —le dijo educadamente.

—Bien, hasta luego. ¿Comemos juntos después? ¡Tengo hambre!

—Por supuesto, mandaré que preparen algo.

Maggie fue a cepillarse el pelo. Pensaba en lo bien que le sentaría un baño en el *jacuzzi*, se sentía sucia y le hubiera gustado refrescarse antes de entrevistar al último candidato. Sin embargo, ya oía que la puerta se abría y unos pasos masculinos. Se preguntó si sería capaz de mostrar entusiasmo suficiente como para que él pudiera lucirse. Suspiró, dejó el cepillo y volvió al despacho para saludarle.

—Hola, siento haberle hecho esperar. Yo...

Mientras se excusaba, vio al hombre que había entrado y que estaba mirando a través de la ventana que estaba abierta y por la que entraba el sol a raudales. Él se dio la vuelta despacio al oír la voz y todo el cansancio de Maggie desapareció como por encanto al quedar hipnotizada por aquellos ojos oscuros.

Llevaba unos tejanos muy desgastados pero limpios, botas de cuero y cinturón ancho. La camiseta se veía muy usada y estaba abierta por el cuello mostrando el vello oscuro del pecho.

Cuando Maggie lo miró, él sonrió. Tenía una bonita boca cuando sonreía, se curvaba más del lado izquierdo que del derecho, la nariz era ligeramente aguileña, los ojos, muy oscuros, casi negros, estaban bien separados y enmarcados por espesas pestañas negras.

Tenía la piel bronceada y unas finas líneas de expresión más pálidas contorneaban los ojos, el pelo era negro y brillante.

Maggie suspiró y le tendió la mano.

—¿Cómo estás? Soy Maggie.

—Brett —dijo él estrechándole la mano.

Maggie notó una corriente que le subía por el brazo y aspiró profundamente.

—He tenido una mañana extenuante y he encargado la comida. Espero que no te importe.

Cuando se dio cuenta de su atrevimiento, se sonrojó y él sonrió. Maggie le indicó con un gesto que se sentara en uno de los sillones de mimbre. En ese momento se acordaba de que Antony y Alexander la estaban espiando a través del espejo y decidió que esta vez quería recuperar la intimidad. Besó levemente la superficie lisa y fría del espejo disimuladamente y apretó el interruptor para cubrirlo. ¡Alexander iba a ponerse furioso! ¡Que le sirviera de lección por haber dejado pasar a Darren! Esta vez había conseguido ser más lista. En ese momento llamaron a la puerta y alguien del personal de cocina apareció con un carrito. Maggie le dio las gracias, cogió el carrito y cerró la puerta con llave.

—Me temo que no es más que una ensalada y patatas —se disculpó al abrir las bandejas.

—Parece bueno —dijo Brett cogiendo una de las bandejas.

Maggie no podía quitarle los ojos de encima. Él masticaba despacio como saboreando cada bocado, sin sacarle la vista de encima. A ella le parecía estar comiendo arena, tenía la boca y la garganta secas y el corazón le latía con fuerza. A pesar de sus frecuentes aventuras, hacía mucho tiempo que no experimentaba tanto deseo hacia un hombre.

—¿Cómo llegaste al Club Orquídea Negra? —dijo para romper el silencio que empezaba a ser incómodo.

—Un amigo mío trabajó aquí cuando vino de Australia.

—¿Australia? —eso explicaba lo moreno que estaba—. ¿Qué estabas haciendo allí?

Brett se encogió de hombros.

—Un poco de todo, pero principalmente cuidar ganado.

Maggie se lo imaginó sobre un caballo, con un lazo corredizo, a la manera de los antiguos *cowboys*, y esto la hizo sonreír.

—¿Qué pasa?

—Nada, es sólo que ya me imaginaba que trabajabas en el campo.

—¿De veras? ¿Y eso es bueno?

Su voz sonó dulce como la miel y esto despertó la sensualidad de Maggie, desconcertándola.

Habían acabado de comer, Brett parecía estar

a la expectativa y ella por primera vez no sabía cómo empezar, se sentía sucia y cansada y no quería iniciar la relación con ese hombre en esas condiciones.

—Mira —le dijo—, me siento horriblemente sudada y lo que más desearía es tomar un baño, ¿te importa?

Esperaba que no se lo tomara como si le estuviera rechazando, pero él le sonrió.

—¡Claro que no! ¿Te importaría que lo tomáramos juntos?

Maggie arqueó las cejas, sorprendida. Pensó en el *jacuzzi* lleno de agua caliente y en que la puerta se podía cerrar por dentro. ¡Era un lugar perfecto para poder estar a solas! ¡Qué magnífica idea!

—Serás mi invitado —le contestó.

Capítulo XII

*M*aggie puso en marcha el *jacuzzi* y añadió un poco de su gel de baño preferido pensando en cómo se enfadaría aquel hombre taciturno que se encargaba del mantenimiento. Sacó unas cerillas y encendió las velas aromáticas de los candelabros colocados en la pared y apagó la desagradable luz eléctrica. Miró a su alrededor con satisfacción.

El agua del *jacuzzi* hacía crecer la espuma y la fragancia perfumada llenaba la habitación. Las llamas de las velas danzaron cuando Brett abrió la puerta.

Se descalzó y se quitó el cinturón permaneciendo de pie y mirando a su alrededor. Maggie observó cómo se desabrochaba la camisa tejana y se la quitaba.

Tenía el pecho ancho y cubierto con un suave vello oscuro y rizado que bajaba por la línea del vientre y desaparecía en los tejanos. Quedaron mirándose fijamente mientras ella se despojaba del albornoz y él se desabrochaba los botones de los tejanos, quitándoselos y quedándose en calzoncillos. Los ojos de Brett miraron su cuerpo iluminado por la luz de las velas y Maggie se sentó muy lentamente en el borde de la bañera y se deslizó dentro del agua. Maggie cerró los ojos durante unos instantes y cuando los abrió de nuevo vio que Brett se había quitado los calzoncillos y que su pene erecto se balanceaba orgulloso entre sus piernas. Se sumergió en el agua y empezó a jugar con el tobillo de Maggie, provocándole la risa. Apareció en la superficie con el cabello pegado a la cabeza y se colocó al lado de Maggie, tocándole el hombro. Los dos permanecieron en silencio sin necesidad de hablar y disfrutando del agua burbujeante que los relajaba.

La espuma desbordaba de la bañera y Maggie sentía cómo el vaivén del agua limpiaba los restos de sus encuentros con Malcolm, Con, Jason y Darren. Se sentía limpia de nuevo, renovada.

Se estremeció cuando Brett le rodeó la cintura con las manos resbaladizas y sus cuerpos se juntaron, mojados. Podía sentir el duro miembro cómo le apretaba la cadera. La giró y sus pechos quedaron aplastados contra el pecho velludo, y la besó. Maggie le devolvió el beso con pasión, chupándole la lengua y saboreándolo.

Sus cuerpos estaban prácticamente sumergidos por la espuma, envueltos por una manta de burbujas que los protegía del mundo exterior.

Maggie se alzó para que la boca de Brett quedara a la altura de los pezones. Primero cogió uno con la boca y luego el otro y Maggie sintió que los dientes lo mordisqueaban provocándole una ola de deseo desde el interior de su cuerpo. Brett la levantó y con su lengua buscó el ombligo.

Al mirarse, Maggie vio el vello de su pubis cubierto por la espuma y a sólo unos centímetros de la lengua de Brett. Abrió las piernas para invitarlo. Se sostuvo en el borde de la bañera mientras él alzaba sus nalgas con una mano fuerte y grande y con la otra le abría los labios del sexo, admirando los pliegues de la vagina durante un rato. Maggie se ruborizó bajo su mirada y suspiró cuando él introdujo dos dedos en la vagina. Se dejó caer sobre ellos, apretando las caderas contra él y buscándole la boca con los labios.

Maggie le rodeó la cintura con las dos piernas y Brett se colocó delante de ella y la penetró. Hicieron el amor lenta y perezosamente, entreteniéndose en darse besos largos y apasionados. A Maggie le encantaba sentir que se movía dentro de ella, llenándola, y que la abrazara con sus brazos fuertes. Mientras él aceleraba el ritmo, ella echó la cabeza hacia atrás cerrando los ojos. Sentía como si su cabello flotara en el agua, y que sus oídos se llenaban de agua, y notaba las burbujas jugar en su cara.

Sintió que él estaba cerca del orgasmo y al abrir los ojos vio cómo la miraba conteniéndose hasta que las oleadas del orgasmo atravesaron el cuerpo de Maggie. Entonces, también él se unió a ella en el placer. Llegaron al clímax juntos, abrazándose fuerte e intensamente, para luego dejarse caer lentamente en el agua.

Maggie contuvo el aliento mientras se dejó envolver por los fuertes y musculosos brazos que la levantaron de la bañera.

—Creo que deberíamos salir de aquí, ¡antes de ahogarnos en esta cosa! —le susurró al oído.

Maggie se rió.

—De acuerdo. ¿Alcanzas ese interruptor?

Él miró en la dirección que ella apuntaba y apretó el interruptor; inmediatamente el agua cesó de moverse.

Al salir de la bañera sus cuerpos estaban cubiertos por espuma y entre risas Maggie cogió dos toallas y le tendió una a Brett. Ella comenzó a secarse y Brett dijo:

—¿Me permites?

Comenzó a secarla con suaves golpecitos en los

hombros. Él se había enrollado la toalla a la cintura. Le secó los pequeños riachuelos de agua que resbalaban entre los pechos y Maggie abrió las piernas ligeramente para que le secara el agua que se deslizaba desde el sexo.

Cuando Brett acabó de secarla le enrolló la toalla por debajo de los brazos y se acercó para darle un beso tierno. Maggie se sentía agradablemente cansada y se dejó apoyar en Brett.

—¿Volvemos al despacho? —le susurró.

Él asintió con la cabeza y se dirigieron a la oficina que estaba al otro lado de la sala del *jacuzzi*.

Maggie seguía pensando en Brett cuando volvió al trabajo esa noche. Él se había quedado a tomar té y estuvieron charlando, y notó que cada vez le gustaba más. Cuando se marchó, sin ganas, Maggie había regresado al apartamento para enfrentarse a Alexander.

Se había enfurecido con ella por haber tocado el interruptor de los espejos espías sin su permiso. A ella no le importaba, pero tenía la desagradable sensación de que de una manera u otra le haría pagar por esa osadía.

Tristán la llamó mientras ella revisaba el gimnasio.

—Hilary quiere hablar contigo —le dijo—. Le he dicho que la verías en el bar.

Maggie asintió con la cabeza y se dirigió al bar en busca de Hilary. Era una de las clientes habituales, del tipo que le gustaban a Maggie: discreta pero desinhibida. Maggie la vio enseguida, debería tener unos cuarenta años, y era delgada y elegante. Era pelirroja y llevaba el pelo muy corto que destacaba la frágil estructura ósea de su cara.

Se le formaron pequeñas líneas alrededor de sus ojos azules e inteligentes cuando sonrió al ver a Maggie.

—¡Hola, Maggie! —le dijo con una voz musical—. ¿Quieres tomar algo?

—Sí, gracias.

El camarero les sirvió un vermut seco y las dos se pusieron a charlar amigablemente. Maggie se preguntaba por qué Hilary la había llamado cuando ésta le mencionó a su hija.

—No sabía que tenías una hija, Hilary —comentó Maggie.

—Emily es una chica preciosa, quizá un poco llenita, pero yo le digo que se estilizará con el tiempo.

Maggie presentía que la hija tenía que ver con lo que Hilary le quería pedir. Hilary hablaba sin parar y se mordía el labio inferior, un gesto habitual en ella. Por fin, Hilary le puso una mano exquisitamente arreglada sobre el brazo de Maggie y soltó:

—Espero que no lo consideres fuera de lugar pero... ¿crees que podría reservar un hombre a Emily con mi tarjeta de socia?

La boca de Maggie se abrió de la sorpresa pero Hilary no la dejó hablar.

—Ya sé que parece raro pero, verás, ¡estoy tan preocupada por ella! A Emily le encantaría tener algún buen amigo pero hace unos años tuvo una experiencia desagradable y...; bueno, creo que tiene miedo.

—Pero, eso es natural. Cuando conozca al hombre adecuado...

—Ahí está el problema, Maggie —dijo Hilary

agitada—. ¡Tiene tanto miedo que no le da la oportunidad a ningún hombre para comprobar si es el adecuado! Por eso pensé que si..., alguien profesional, un hombre que conozca la situación. La primera vez es muy importante y quiero lo mejor para Emily.

Después de la sorpresa inicial, Maggie empezó a comprender las palabras de Hilary. Si había tenido una experiencia desagradable a una temprana edad, era imprescindible que la primera vez fuera perfecta.

—Desde siempre, los padres han llevado a sus hijos con prostitutas para desvirgarlos —dijo Hilary desesperada—, y ya que este club es tan avanzado...

—¿Le has dicho algo a Emily? —preguntó Maggie.

—Más o menos.

—¿Y?

—Y..., bueno, la idea no acabó de cuajar. ¿Tú qué piensas, Maggie? ¿Crees que podrías arreglarlo?

Maggie pensó en Brett enseguida. Era paciente, con una fuerza tierna y, a partir de ese fin de semana, estaría instalado en el club. Era lo suficientemente perceptivo como para saber qué hacer con una mujer como Emily. Sonrió a Hilary.

—¡No te preocupes más! Conozco al hombre ideal para Emily. Tráela aquí el lunes por la noche. Es cuando el club está más tranquilo.

Emily permaneció en la entrada del Club Orquídea Negra intentando armarse de valor para entrar. A pesar de que su madre le había asegurado que ella controlaría la situación, que tendría la libertad de parar cuando quisiera y que no tendría que hacer nada que no le gustara, todo ello no la ayudaba en nada en esos momentos.

No estaba segura de querer perder su virginidad con un gigoló anónimo al que se le pagaba por desvirgarla. Emily tembló con el mal recuerdo de que había estado a punto de perder la virginidad en un encuentro brutal. Quizá su madre tenía razón y sería mucho mejor que esta pérdida se produjese en las manos de un hombre mayor y profesional.

Además, su madre le había asegurado que los monitores del club habían sido escogidos escrupulosamente y que todos estaban buenísimos. Si no le iba este tipo al que había escogido la tal Maggie, lo podía rechazar y buscar otro.

Una rubia platino pasó por delante de ella y la miró de forma extraña. Emily sintió vergüenza al ser pillada delante de la puerta titubeando. Aspiró profundamente y siguió los pasos de la otra mujer hacia el interior.

Dio el nombre al recepcionista un poco atemorizada e insegura. Éste habló con alguien por el interfono y de repente una mujer morena y elegante apareció por la puerta. Se acercó sonriente y la saludó.

—¿Emily? Yo soy Maggie. ¿Quieres seguirme?

Emily asintió muda y, nerviosa, siguió a la mujer a través de las puertas de roble. Al ver el largo pasillo de mármol y los espejos que forraban las paredes, Emily estuvo a punto de dar la vuelta y salir corriendo. No podía escaparse de su reflejo mientras seguía a Maggie.

En el espejo de su dormitorio la blusa y falda india de color azul le habían parecido adecuadas, pero aquí se veía decididamente llenita. Su redonda cara blanca parecía una luna llena bajo el cabello castaño.

Procuró concentrarse en sus zapatos de tacón bajo mientras caminaba armándose de valor. Después de todo, ¿qué podía importarle que el hombre que su madre había contratado la encontrara atractiva o no? Mientras a ella le gustara...

—¿Te encuentras bien?

Se quedó mirando a Maggie fijamente y después de tragar dijo:

—Perfectamente. Gracias.

La mujer le sonrió compasivamente y la guió hasta una puerta que ponía: «Privado».

—Este apartamento pertenece a Alexander, uno de los monitores principales. No lo usa mucho pero está limpio. Hemos pensado que te encontrarías más a gusto aquí.

Emily movió la cabeza y miró a su alrededor. Estaban en un salón pequeño y muy acogedor. Había dos sofás tapizados en rojo, perpendiculares a la chimenea, parecían nuevos. Entre los dos sofás, una pequeña mesita acogía varias revistas.

Al lado de la ventana había una mesa camilla vestida con una tela rosa y dos sillas. La mesa estaba preparada para la cena y tenía en el centro un pequeño jarrón de plata con una rosa de color rosa. Al otro lado podía ver una cocina pequeña de la que salía un aroma delicioso y se acordó de que no había comido nada desde el desayuno debido a los nervios.

A la derecha de la chimenea había otra puerta por la cual pudo ver una gran cama de matrimonio. Se le subieron los colores y miró hacia el otro lado. El ambiente acogedor del apartamento la había relajado un poco pero, al ver la cama, se acordó del motivo de su visita y el pánico la invadió.

—La cena está casi preparada —dijo Maggie gentilmente—. Me quedaré hasta que te haya presentado a Brett. Para entonces la cena ya estará servida.

¡Brett! Emily sintió como si se le cortara la respiración cuando alguien golpeó la puerta ligeramente y Maggie la abrió. No sabía qué hacer con las manos. De repente le parecieron demasiado grandes y las escondió detrás de la espalda. Maggie habló con un hombre que entraba en la habitación.

—¿Emily? Emily, éste es Brett.

Un par de zapatos lustrados aparecieron ante los ojos de Emily mientras miraba al suelo fijamente. Poco a poco levantó la vista y vio unos pantalones negros y anchos y, más arriba, unas manos con dedos largos y sensibles ligeramente cubiertos por un vello oscuro.

Continuó subiendo la mirada y vio un jersey de cachemira de color verde musgo sobre una camisa blanca y corbata gris. Los ojos de Emily se detuvieron en la corbata. Hasta aquí nada era amenazador pero tenía miedo de verle la cara.

Tenía las facciones marcadas y la piel bronceada. El cabello era rizado y lo tenía bien cortado; las cejas, bien dibujadas y no muy pobladas. Los ojos eran los más oscuros que jamás había visto. La nariz no era perfecta, pero le quedaba bien.

Sonrió con la boca ligeramente torcida y ella se obligó a reaccionar diciendo algo a través de sus labios petrificados:

—¿Cómo estás? —logró decir por fin.

Él dio un paso hacia ella pero, al ver que ella retrocedía, se giró y se dirigió a la cocina como si ésa hubiera sido su intención desde el principio. Mientras él sacaba una fuente del horno, Maggie puso la mano sobre el brazo de Emily y le preguntó:

—¿Estás bien?

Emily miró a Brett tratando de imaginar lo que sería estar envuelta por aquellos brazos fuertes y musculosos. Tuvo un escalofrío y murmuró:

—Sí.

Maggie la miró sin decir nada. En ese momento Brett entró en el salón con una fuente de horno en las manos y, colocándola sobre un salvamanteles, dijo:

—*Voilà!* —como si lo hubiera cocinado él.

—Os dejo para que comáis —dijo Maggie.

Emily la miró. Parecía que la mujer había pronunciado esas palabras con pesar, pero no, Maggie le sonreía abiertamente.

—¡Que os divirtáis! —dijo mientras se iba.

Emily estuvo tentada de llamarla, pero Maggie ya había desaparecido tras la puerta, dejándola a solas con aquel hombre.

Capítulo XIII

—¿*T*ienes hambre? Emily dejó de mirar absorta la puerta cerrada y asintió con la cabeza. Aunque era una pregunta perfectamente normal, la había trastornado. Brett le ofreció una silla para que se sentara pero, al verla vacilar, se dirigió al otro lado de la mesa donde tenía la suya.

¡Santo cielo! ¡Aquí estaba muerta de ganas por hacer el amor con ese hombre y le asustaba el más mínimo contacto con él! Esto no iba a dar resultado.

—No sé si ha sido una buena idea... Yo...

Levantó las palmas de las manos en un gesto de desamparo, esforzándose en encontrar las palabras justas. Brett la miraba analizándola con la cabeza ladeada, como si estuviera esperando que ella contestara una pregunta no planteada.

—Lo que quiero decir es... —Había en su voz una nota de desesperación—. He cambiado de parecer. Todo ha sido una equivocación.

¡Bueno, ya lo había soltado! Emily contuvo el aliento, concentrada en sus manos y esperando la reacción de Brett. Al no producirse, levantó la vista y vio como él la contemplaba relajado.

—Ningún problema —dijo con suavidad—. No pasa nada, Emily.

Sonrió para tranquilizarla y ella notó que parte de su angustia desaparecía.

—¿Quieres decir que..., que no te importa?

La mayoría de hombres que conocía hubieran montado en cólera heridos en su orgullo, pero Brett se limitó a mover la cabeza tranquilo.

—Por supuesto que no. Sería una lástima echar a perder esta comida tan exquisita. ¿Quieres, por lo menos, quedarte a cenar conmigo?

Emily miró la comida y se le hizo la boca agua, despedía un delicioso aroma.

—¿Por qué no pones algo de música mientras sirvo el vino y enciendo las velas?

Emily miró cómo descorchaba la botella y vertía el líquido rojo en dos copas de cristal. Parecía tan poco afectado por el rechazo, que incluso, por un instante, se sintió molesta. Sonriéndose a sí misma se dirigió al aparato de música.

—¿Qué música quieres?

Había una amplia y variada selección de compact disc que iba del country al soul y del clásico al heavy. Dudó unos momentos entre Grieg y Sinatra y finalmente puso a Harry Connick Junior. Cuando empezó a sonar se sentó y tomó la copa de vino.

Brett la estaba mirando extrañado.

—¿Qué? —preguntó alarmada—. ¿Qué pasa?

Él sonrió y levantó la copa.

—Has escogido a uno de mis favoritos —le dijo.

Durante un momento pensó que le estaba tomando el pelo, pero luego se dio cuenta de que la miraba con respeto y le sonrió.

—Fui a su concierto cuando vino a la ciudad. A mi madre le gusta este tipo de música pero, hasta que no lo vi, no entendí el porqué.

—Sí, es toda una figura y además ha tenido las agallas de tener éxito con este tipo de música.

—Dicen que es el sucesor de Sinatra, ¿no?

—¡Por fin han encontrado uno!

Se rieron con ganas y parte de la tensión que había entre ellos desapareció. Brett retiró las tapas de las fuentes de plata y se sirvieron un aromático buey a la Bourgignon y un apetitoso arroz con verduras. Emily comió con hambre y bebió el vino que Brett iba sirviendo.

La música los envolvía y Emily se sentía feliz. Brett era un compañero estimulante capaz de charlar amistosamente con ella. Descubrieron que últimamente habían leído el mismo libro pero, sin embargo, no tenían la misma opinión sobre él.

—Tú no puedes saber lo que piensa una mujer en esta circunstancia —objetaba Emily.

—¡Oh, vamos! ¡No seas tan rígida! Nosotros también sentimos, ¿sabes? Y además no creo que seamos tan diferentes como nos quieren hacer creer las feministas.

—¿Ah, sí? ¿Quieres decir que eres como una mujer? —se burló.

—En principio, los hombres buscan relacionarse igual que las mujeres.

—Tiene su ironía que tú me digas esto. Al fin y al cabo, ¿qué buscan las mujeres aquí si no relacionarse con los hombres sexualmente del mismo modo que ellos se relacionan con ellas?

—Puede que sea así y me parece fantástico. ¿Por qué no pueden aprender las mujeres a tomar, en vez de a dar? Eso no las hace menos femeninas.

Emily apartó el plato vacío y se acomodó en la silla, satisfecha. Veía a Brett un poco borroso a través del cristal de su copa. Él también había acabado de comer y se disponía a descorchar la tercera botella de vino.

—¿Por qué viniste a trabajar aquí? —le preguntó con curiosidad.

Brett se encogió de hombros.

—Tengo alojamiento y comida gratis, acceso ilimitado al gimnasio y el trabajo en sí no es muy duro.

—¿No te gusta el trabajo duro?

Emily vio que su mirada se ensombrecía y le supo mal haber pronunciado aquellas palabras.

—Lo siento, ha sido muy poco delicado por mi parte.

Posó su mano en la de Brett como pidiéndole disculpas. El vello negro de los dedos le hizo cosquillas en la palma de la mano y la retiró como si se hubiera quemado. Se quedó mirando la copa mientras el calor invadía sus mejillas.

—No pasa nada. Ya sé lo que parece. El caso es que tuve un accidente..., nada serio, pero necesito tomarme las cosas con calma por un tiempo, para rehacerme.

—¡A mí me parece que estás muy bien! —dijo sin pensar y sonrojándose profundamente al darse cuenta de que había delatado que se había fijado en él.

Él rió suavemente.

—¿Te apetece tomar postre? Creo que he visto una mousse de chocolate con peras en el fondo de la nevera.

—¡El chocolate me apasiona! —y se sintió incómoda ante la elocuente mirada de Brett.

Lo observó mientras iba a la cocina. Llevaba unos pantalones negros y anchos que escondían la forma de las piernas. A Emily le gustó su forma de caminar, desinhibido y a gusto con su cuerpo, que transmitía una seguridad que le resultó atractiva.

Emily frenó sus pensamientos. No quería dejarse llevar por el efecto del vino y de la música. En otras ocasiones se había permitido alguna locura y había creído que podría soportar estar con un hombre. Una o dos veces había llegado a los besos, caricias... Y entonces la terrorífica imagen de aquel hombre asqueroso se deslizaba y ocupaba el lugar del que estaba con ella en ese momento.

—¿Emily?

La cálida voz de Brett la sobresaltó y se volvió hacia él incapaz de disimular el pánico que se había apoderado de ella. Brett arqueó levemente una ceja cuando vio sus ojos desorbitados.

—¿Mousse de chocolate? —el tono fue tan sugerente como si hubiera dicho: «¿orgasmos múltiples?».

Emily cogió el plato, sonrió y no vaciló en rozarle la mano. La untuosa mousse se deslizó por su garganta matizada por el frescor de la pera.

Brett observaba su boca y, cuando sus miradas coincidieron, toda la camaradería que se había creado entre ellos desapareció. Hipnotizada, Emily observó cómo Brett le acariciaba la comisura de los labios con la punta de sus dedos. Entreabrió ligeramente los labios bajo la suave caricia. Él había recogido un poco de mousse con el dedo y se lo había llevado muy despacio a la boca. Al verlo chuparse el dedo se le cortó el aliento.

Se levantaron de la mesa y se trasladaron a los sofás rojos frente a la chimenea. Emily se esforzó en poner la mente en blanco y en concentrarse sólo en el hombre que estaba con ella.

Parecía que Brett ocupaba todo el espacio. Era muy alto, más que ella, incluso sobre esos tacon-citos ridículos. Se le secó la boca y el corazón le latía desbocado en el pecho. Cuando él le pasó un brazo alrededor de la cintura, quiso decir alguna cosa, pero no pudo. Después, se alzaron y empezaron a bailar al son de la música.

Emily se sentía rígida. Brett la sostenía mientras ella le seguía los pasos como una autómata. Cuando le tocó el hombro, pudo notar la musculatura debajo de la suave cachemira. Percibía la firme mano de Brett en su espalda mientras las otras manos pendían abandonadas. Ninguna otra parte de sus cuerpos estaba en contacto, pero, incluso así, Emily percibió un ligero aroma a masculinidad y le recorrió un escalofrío.

Brett seguramente se dio cuenta de su súbito miedo porque no hizo ningún intento de atraerla hacia sí, ni siquiera cuando la música les envolvió. Emily procuró concentrarse en el baile, en el ritmo. Atrás, adelante, a un lado, al otro... El vino había aplacado su habitual nerviosismo y relajado sus músculos; en su mente tenía como una neblina muy agradable. Ya no estaba asustada. El resplandor del fuego y las dos velas eran la única iluminación de la habitación y creaban una atmósfera muy cálida.

Muy lentamente Emily se sintió rodeada por el calor de los brazos de Brett. Notaba cómo sus pechos rozaban el musculado torso y no se apartó, sino que deseó que su cabeza reposara en aquel fuerte hombro. Como si le leyera el pensamiento, Brett se arrimó más y la mejilla de Emily quedó apoyada en la curva de su hombro. Ésta cerró los ojos y suspiró de satisfacción.

Se sentía tan segura, tan a salvo en ese cálido abrazo, que no quería moverse. Se dio cuenta de que Brett le acariciaba el pelo, jugando con los pequeños rizos que enmarcaban su cara y enroscándolos entre sus dedos. Luego las caricias se centraron en la nuca y le provocaron ligeros escalofríos.

El cuello de Emily se arqueó y al abrir los ojos

se encontró con la mirada hipnotizante de Brett. Le flaquearon las piernas y se apoyó en él, percibiendo por primera vez la dureza de sus muslos bajo los pantalones negros. Intentó apartarse, pero Brett la sostuvo por la nuca y con la otra mano le cogió la cara.

Emily se quedó inmóvil bajo aquella mirada que estaba estudiando sus rasgos. Le apartó un mechón y con un dedo trazó una línea desde la sien hasta la comisura de la boca. Le temblaron los labios cuando se los acarició.

—¡Preciosa! —le susurró.

Emily quiso decir algo, pero él se lo impidió poniendo un dedo sobre sus labios.

—¡Shhh!, tranquila.

Desató la cinta que recogía su pelo y le cayó como una cascada sobre la cara y los hombros y Brett los apartó del rostro con los dedos.

Emily quiso esquivarlo cuando él acercó la cara a la suya, pero Brett la sostuvo por la barbilla muy delicadamente. Acercó la punta de la nariz a la suya hasta tocarse y Emily sintió la suave caricia de su cálido aliento. Con paciencia infinita él esperó a que ella superara su temor y se relajara, entonces la besó.

Fue un beso completamente distinto a los que le habían dado hasta entonces. Se había preparado para una embestida, pero Brett puso los labios delicadamente sobre los suyos y la besó en la comisura de la boca lentamente; luego, sin apartar los ojos de su mirada, trabajó toda la superficie con pequeños besos. Con el pulgar apartó ligeramente su labio inferior para abajo y la lamió. Emily cerró los ojos y Brett cubrió su boca con la suya.

Incluso así era un beso tierno. Parecía saborear

el primer contacto, paladear la cálida dulzura de la boca mientras se arrimaba más a ella. Emily entreabrió los labios y él pasó la lengua por los dientes.

Él se apartó mirándola enigmáticamente como pidiéndole su consentimiento para seguir adelante. Emily permaneció temblorosa entre sus brazos, notaba sus pechos hinchados y una caliente humedad invadía sus rincones más íntimos.

No quería que parara y lo maldijo por haber interrumpido aquel momento de sensualidad. En este breve instante, había tenido tiempo para pensar y un miedo irracional se apoderó de ella.

La cara de Brett se ensombreció fugazmente antes de besarla de nuevo. Emily se resistió unos segundos hasta adentrarse nuevamente en el reino de los sentidos. Aquellos labios frescos no se parecían en nada a los del hombre que la había atacado. Aquellos dedos largos y sensibles que se movían de arriba abajo por su espalda no podían ser más distintos de los de aquellas manos crueles que la asustaban desde hacía tanto tiempo.

Emily sollozó y Brett se apartó de nuevo para observar su cara con una mirada tierna. Cuando vio el miedo reflejado en las pupilas la besó en los párpados y le cubrió la cara con besos cogiéndola en sus brazos.

El sollozo se transformó en un gemido de placer cuando aquellos labios le rozaron la barbilla hasta el final del cuello y luego continuaron por la mandíbula. Emily deseaba ardientemente que volviera a su boca.

Le cogió la cara con las dos manos y puso la boca sobre la de él. Notó que él sonreía levemente cuando ella lo besó. Esta vez fue un beso apremiante, sus labios querían más. En lugar de asustarse como hacía unos instantes, deseaba incrementar el placer que la invadía. Ahora Emily estaba más arrimada a él y percibió su erección y cómo el miembro golpeaba su muslo. Ella se retiró bruscamente.

—Yo..., la música..., podrías cambiar la música mientras yo..., yo..., voy al cuarto de baño.

Sin darle tiempo a reaccionar, desapareció por la puerta del baño. Una vez dentro comenzó a lavarse las manos como un autómata. Se miró en el espejo y su imagen la dejó inmóvil. ¡Apenas se reconocía! Tenía las mejillas sonrosadas, el pelo revuelto, los ojos de color avellana brillaban inusitadamente y los labios parecían pintados. ¿Era ése el efecto que un beso ejercía sobre ella?

Emily observó durante unos instantes. Esperaba que los latidos de su corazón se apaciguaran y comenzó a sentirse ridícula. Besar a Brett había sido una experiencia extraordinaria y, de hecho, hubiera deseado que no acabara nunca, pero..., aquella erección, el increíble tamaño de aquello...

No recordaba dónde había leído que el tamaño no tenía ninguna importancia, «no debían estar hablando de una como ésa», bromeaba Emily para sí misma histérica.

Se mordió el labio pensativamente. Quizá las revistas estaban en lo cierto. Aquel otro hombre usó su miembro como si fuera un arma, un instrumento de tortura. Por lo poco que sabía de Brett, no podía imaginar que fuera capaz de lastimarla. Se sobresaltó al oír un golpecito en la puerta.

—¿Estás bien?

Sonrió al notar un tono de consternación en la voz, sabía que ella era la causa.

—Sí, yo..., salgo enseguida.

Oyó que los pasos se alejaban mientras se lavaba las manos bajo el agua caliente. Cuando volvió a la salita encontró a Brett sentado en uno de los sofás, con los ojos cerrados. Emily lo observó durante unos instantes. Se había quitado el jersey y la corbata y por su camisa entreabierta se asomaba un vello negro y rizado. Las copas de vino estaban llenas sobre la mesita y la música sonaba de nuevo.

Como él no podía ver que ella lo estaba observando, se sentía más desinhibida y miró hacia su entrepierna. No vio ni rastro de aquel bulto que la había dejado tan perpleja antes. Al verlo así sentado y relajado, Emily notó que el deseo crecía en ella, cosa que nunca antes había sentido.

Le costó convencerse de que lo que deseaba realmente era superar el bloqueo que le producían sus temores. Para superarlos debía confiar en él. Emily respiró a fondo.

Brett continuaba con los ojos cerrados en el sofá. Se movía con suma cautela por la estancia para que no se diera cuenta de que estaba allí y luego se quedó de pie entre las piernas abiertas de él. Cuando él abrió los ojos, el corazón de Emily empezó a latir con fuerza. Él sonrió y le cogió las manos.

Para no perder el equilibrio, Emily se apoyó en sus hombros. Sus cuerpos quedaron muy juntos. Brett, frotando su cabeza contra los pechos de Emily, aspiró el fresco aroma que emanaba a través de la blusa.

Sus cabezas se acercaron como por magnetismo y, cuando sus bocas se fundieron, Emily sintió un calor que surgía del centro de su cuerpo y una dulce pesadez en las extremidades y en los párpados. La lengua bajo la piel de sus labios despertó en ella sensaciones que ni en sueños había percibido. Casi no se dio cuenta de que la mano que tenía en su cintura comenzaba a acariciarle los pechos.

Brett le había desabrochado el cuello de la blusa. La piel suave de los senos contrastaba con la tela del sujetador. La primera reacción de Emily fue cubrirse, pero Brett se lo impidió y empezó a acariciarle los pechos con la boca.

El primer contacto de la lengua con el pezón le proporcionó unos escalofríos que surgían del centro de su cuerpo. Dividida entre el pánico y el deseo, Emily gemía, incapaz de detenerse y ofreciendo su pecho a aquellos labios.

Cuando el erecto pezón estaba dentro de aquella boca, Emily relajó los músculos de sus muslos y dejó que se separaran, emitiendo un largo gemido, rendida.

Capítulo XIV

*B*rett recorría lentamente con la punta de los dedos las piernas, por debajo de la amplia falda, desde las rodillas hasta los muslos. La piel era muy cálida y suave.

Cuando le acarició la ingle, antes de volver a la rodilla, a Emily se le puso la piel de gallina. Ahora le pasaba los dedos por la parte interior del muslo y la besaba lánguidamente. Su mano subía y bajaba hasta que llegó a posarla sobre la tela de encaje que cubría su monte de Venus.

Brett presionó ligeramente y Emily abrió los ojos y se quedaron mirando. Él le sostuvo la mirada controlando su reacción, mientras metía un dedo por debajo de las bragas y le acariciaba los húmedos rizos. Emily se sobresaltó cuando se dio cuenta de que él quería llevar más lejos esa caricia. Brett paró al instante y pasó a dedicar toda su atención a la boca, iniciando unos sensuales besos.

Emily le ofreció la boca dulcemente rendida y cerró los ojos. Lo agarraba por los hombros, pegada a su cuerpo, mientras él exploraba los rincones de su boca y con los dedos retorcía el rizado vello de su pubis.

Un leve sonido, mitad de protesta, mitad de gusto, escapó de sus labios cuando él la tomó en brazos como si no pesara nada.

—No digas nada —susurró—, confía en mí.

Y ella se relajó y dejó que la llevara hasta la habitación de al lado. La depositó sobre la cama, besándola dulcemente para apaciguar sus ligeras protestas.

La habitación estaba iluminada por la luz de una sola vela y por la de la luna llena que entraba por la ventana. Emily se sonrojó y permaneció quieta cuando vio que Brett se quitaba la camisa y la tiraba al suelo. Los rayos de luna le plateaban los hombros.

Tenía el estómago liso y fuerte y se le marcaban los músculos. Emily siguió con los ojos la línea de vello hasta la cintura de los pantalones: debajo había un bulto prominente que la sobresaltó.

La expresión de los ojos de Brett la tranquilizó: la delicadeza formaba parte de él, habitaba en su interior. Delicadeza y fuerza eran una maravillosa combinación que Brett poseía. Emily le sonrió.

Sintió que debía participar de alguna manera, tal vez debía desnudarse, pero la timidez la vencía y además no quería perderse el espectáculo de Brett desnudándose.

Llevaba unos calzoncillos de algodón negro que ponían de manifiesto su potente masculinidad. El vello negro de sus muslos atrajo poderosamente a Emily. Deseaba tocarlo. ¿Era áspero o tal vez suave? Se sentía insegura e incapaz de moverse por si el pánico la atrapaba de nuevo y hacía desaparecer su deseo.

Lo deseaba. Más de lo que ella recordaba haber deseado nunca nada ni a nadie, deseaba poseer a Brett, su cuerpo, fundirse con él.

Contuvo el aliento cuando se dejó caer sentado a su lado. Apoyado sobre el codo la miró largo rato. Ella dejó que la desnudara sin moverse, como una muñeca.

Primero le quitó la blusa, después el sujetador, y con suavidad le pasó la palma de la mano por los pechos. Luego se deshizo de la falda, que fue a parar al suelo con el resto de las prendas.

Ahora sólo llevaba puestas las bragas de encaje negro. Estaban húmedas por la zona de la entrepierna. Mientras Brett la besaba dulcemente en la nuca, Emily pudo ver su miembro y lo encontró hermoso.

Cada beso, cada caricia acrecentaban su deseo. Su piel ardía y se quedó inmóvil, jadeante, mientras él le lamía los dedos de los pies. Ahora Brett le chupaba el dedo gordo del pie y la tensión le agarrotó el estómago. Deseaba estar más cerca de él.

—Brett —susurró—. Tómame..., por favor.

Su voz sonaba ronca y diferente y él la tomó entre sus brazos. Ella enterró la cara en su pecho y cerró los ojos. Con las manos acarició su vello, que era sorprendentemente suave, y, al frotarle el pezón con la palma, se endureció.

—Todo va bien —le murmuró Brett al darse cuenta del miedo incipiente que la poseía—. No voy a hacerte daño.

—¡Hazlo ahora, Brett, ahora, antes de que cambie de opinión!

—¡Espera..., hay más, Emily, mucho más!

—¡Por favor! —Emily dirigía sus manos a los abultados calzoncillos—. ¡Habrá tiempo luego para todo lo demás!

—Emily...

—Necesito tenerte dentro de mí antes de que mi cuerpo se cierre para ti... ¡Oh!

Cogió el endurecido pene entre los dedos y descubrió el capullo. Se maravilló al contemplarlo y pasó el pulgar por la punta asombrándose de la aterciopelada suavidad.

Notó que la respiración de Brett se aceleraba.

La miraba con los ojos entornados y, por la forma como apretaba la mandíbula, adivinó una tensión que la hizo sentirse poderosa.

Tenía que ser ahora. Incluso cuando le miraba sentía un ligero cosquilleo de miedo en el estómago que parecía querer apoderarse de ella. Aunque era consciente de que parecía que estuviera actuando a la desesperada, se arrimó a él y acercó la punta del pene a sus muslos.

Brett se puso sobre ella apoyado sobre las manos y arrodillado entre los muslos abiertos. Emily cerró los ojos.

Notó que separaba los tiernos labios de su sexo con los dedos y se estremeció. La boca y la garganta se le secaron y gimió cuando la penetró muy suavemente, sin forzarla. Su cuerpo, que ya estaba preparado, se abrió y lo acogió.

Abrió los ojos cuando Brett comenzó a moverse en su interior. Él la besó apasionadamente.

En cada una de las largas y controladas embestidas, el pene rozaba el lubricado clítoris, lo que provocaba que se humedeciera más y más. ¡Nunca había soñado que pudiera ser así! Lento, amable..., puro amor.

Brett tenía las pupilas tan dilatadas que Emily no distinguía el iris. Su propia cara se reflejaba en ellas. Empezó a acelerar el ritmo y la fricción le provocó pequeños escalofríos haciendo que, instintivamente, Emily se abrazara a él con las piernas.

Su expresión era concentrada y una fina capa de sudor le perlaba la frente cuando incorporó el torso para separarse un poco de ella. Ahora Emily podía ver cómo se fundían sus cuerpos. Incapaz de apartar la mirada, veía sus vellos mezclándose y el pene que entraba y salía lubricado.

Jadeó al notar que todas sus sensaciones se aceleraban y crecían en su interior. Apretó los dientes y atrajo su cuerpo hacia ella, necesitaba sentir su peso, sentirse inmovilizada, mientras le espoleaba compulsivamente las nalgas con los talones.

—¡Oh! ¡Oh, Dios mío! ¡Oh!...

Movía la cabeza de un lado a otro mientras una luz explotaba en sus ojos cerrados y su cuerpo era presa de incontrolados estremecimientos.

Brett, a su vez, aceleró el ritmo gimiendo con ella, uniéndose a ella en un torbellino de sensaciones fuera de toda razón y control.

Emily había perdido la noción del tiempo. Los latidos del corazón se estabilizaron y su temperatura se normalizó. Se dio cuenta de que el cuerpo de Brett, todavía enlazado por sus piernas, pesaba y estaba húmedo. Le agitó un poco, protestando.

Brett abrió los ojos y se incorporó sobre los codos. Le sonreían los ojos al mirarla.

—¿Bien? —le preguntó con voz algo ronca.

Emily sonrió débilmente incapaz de creer lo que había pasado entre ellos.

—¡Realmente bien! —susurró ella.

Brett se apartó suavemente de ella y se tendió a su lado. Después la rodeó con los brazos y la besó en la frente.

—¿Estás bien?

—¡Hmmm! —fue todo lo que pudo decir.

Sentía pesadez en las extremidades, como si acabara de hacer una clase de gimnasia. Entre las piernas, envueltas ahora cálidamente por las sábanas, sentía un dolorcillo que le producía placer.

Emily reposaba la cabeza sobre el pecho de Brett, los brazos alrededor de su cintura, mientras analizaba sus sentimientos. Para su sorpresa, no sintió ni un ápice de incomodidad, sino, al contrario, se sentía colmada, llena de satisfacción. Pero tuvo la impresión de que sería algo temporal, como si hubiera degustado los entremeses más exquisitos pero todavía le faltara el plato principal.

Se movió impaciente, incorporándose sobre el codo para poder ver la cara de Brett. Él, percibiendo su mirada, parpadeó y le sonrió enigmáticamente.

—Y tú, ¿estás bien?

—Claro.

—Entonces, ¿podemos empezar de verdad?

A Brett le hubiera gustado leer en su mente para saber qué había querido decir. La miró sonriendo maliciosamente.

Sucedía que, una vez Emily había superado aquella horrible experiencia de jovencita, habían desaparecido todas sus inhibiciones y terrores. Ahora, su cuerpo se había puesto a vibrar con vida propia, ávido de explorar su sensualidad.

Los labios de Brett recorrían cada centímetro de su piel y le hacían descubrir nuevas zonas erógenas. Cerró los ojos para impedir que algún estímulo visual distorsionara aquellas sensaciones.

Primero empezó explorándole la oreja para bajar luego por el cuello. Emily retorcía las sábanas entre los pies mientras él recorría su cuerpo desde la clavícula hasta el ombligo haciéndola estremecer.

El primer roce de aquellos labios en su sexo la electrizó e hizo que arqueara la espalda. Él encontró fácilmente aquel punto que era su fuente de placer.

Emily miró hacia abajo: vio la cabeza oscura de Brett entre la blancura de sus muslos que le rozaban la cara. La agarraba fuerte proporcionándole un doloroso placer. Luego, mientras le apretaba con más fuerza las nalgas, empezó a mordisquearle cuidadosamente el clítoris. Emily tuvo un orgasmo salvaje. Brett mantuvo la boca presionada contra ella todo el tiempo que duraron sus espasmos. Luego la cogió por la espalda amoldando aquel cuerpo al suyo y Emily se sintió tan cómoda que cerró los ojos.

Despertó cerca de una hora más tarde, Brett se había movido y mantenía sólo un brazo sobre ella. Estaba profundamente dormido.

Emily observó detenidamente su rostro: tenía las pestañas más largas que jamás había visto en un hombre y proporcionaban un toque femenino a aquellas facciones tan masculinas, la piel era suave y bronceada, y los labios estaban perfectamente dibujados, con el labio inferior ligeramente más grueso.

Su respiración era profunda. Delicadamente alzó las sábanas y le tocó la clavícula con los dedos mientras miraba cómo la nuez de su garganta subía y bajaba rítmicamente.

Obedeciendo un impulso incontrolable, puso ahí los labios y descendió hasta la base del cuello, cuya piel estaba caliente y ligeramente húmeda. Nerviosa, como si estuviera comiendo del fruto prohibido, lo lamió notando un ligero sabor salado.

Una vez más Emily siguió sus instintos y continuó besándole el cuerpo. En su costado izquierdo tenía una larga cicatriz y recordó lo que le había contado sobre un accidente. Puso su mejilla encima cariñosamente.

A Brett se le había acelerado la respiración pero permanecía con los ojos cerrados. Se preguntaba si estaba realmente dormido o lo aparentaba. Los muslos se tensaron cuando Emily se acercó a su miembro.

Ahora ya estaba segura de que no dormía aunque mantenía los ojos firmemente cerrados. Estaba a la espera del próximo movimiento. Emily cogió el pene con mano insegura.

Estaba caliente, la suave piel le resbalaba en la mano. Parecía que Brett contenía el aliento, como ella; luego jadeó débilmente y su miembro se estremeció.

Emily se sintió más segura de sí misma, así que continuó adelante. Tocó el glande deslizando la piel de alrededor del capullo y, agarrándolo firmemente, empezó a mover la mano arriba y abajo.

Brett tenía la cara tensa y la frente húmeda de sudor. Emily empezó a lamerle el labio superior y esta inesperada acción le hizo abrir la boca con un jadeo. Ella aprovechó la ocasión para besarlo con pasión. Soltó el pene y se apoyó con las dos manos a ambos lados de la cabeza. A medida que el beso se prolongaba, sentía un desmayo en los brazos y abrió las piernas colocándose a horcajadas sobre él.

Brett había abierto los ojos y la miraba con atención. Emily sentía cómo su sexo estaba ansioso de placer y, sin dejar de mirarle, colocó la punta del pene en la entrada de su vagina y lo fue introduciendo poco a poco.

Primero entró el capullo y luego todo entero. Los testículos le cosquilleaban el orificio del ano. Brett quiso abrazarla pero no le dejó, quería ver la expresión de su cara mientras se amaban. Brett cogió un dedo de Emily y lo llevó al clítoris. Ella sacudió la cabeza para intentar resistirse.

—¡No! —susurró.

Brett sonrió y le hizo mover el dedo más deprisa. Ella cerró los ojos mientras un cosquilleo le invadía el estómago y olvidaba que la estaba mirando. Casi no se dio cuenta de que él ya no le guiaba el dedo.

¡Dios, era fantástico! Masturbarse con su pene dentro. Movía las caderas de forma salvaje haciendo fuerza con las rodillas y subiendo hasta que sólo le quedaba dentro el capullo y volviendo a bajar para tragarlo por entero. Brett tenía la mirada fija en su pene.

Emily sintió que la excitación crecía en su interior y comenzó a golpear rítmicamente de forma instintiva su capullito, más y más aprisa. Cuando le sobrevino el orgasmo gritó y cerró los ojos a su pesar.

Brett estaba también a punto de explotar, sintió que su pene ardía. Hizo un esfuerzo para abrir los ojos y observarlo, tenía los ojos fijos en ella pero con la mirada perdida en el vacío, como si no la viera. El sudor le aplastaba el pelo en la frente, tenía los labios secos y jadeaba. Movió la boca sin emitir ningún sonido cuando la primera gota de semen salió del orificio, luego echó la cabeza atrás y perdió el control. Emily, cuando notó que los líquidos la invadían, le besó en el cuello y en la cara.

—¡Dios, eres maravillosa! —susurró con voz ronca, y la besó.

Permanecieron abrazados hasta que la última oleada de placer hubo desaparecido y sintieron que el cansancio se apoderaba de ambos. Emily notó que Brett la miraba fijamente.

—¿Qué? ¿Qué pasa? —le preguntó ella.

Se encogió de hombros y apartó la mirada como si le dijera que no era feliz. Pareció como si la confianza en sí misma que acababa de recuperar se esfumara.

—¿No ha sido..., no ha estado bien? —preguntó con una vocecilla lastimosa.

Brett se sentó y la miró.

—Ha sido maravilloso, Emily. ¿Cómo puedes dudarlo?

La cogió por el cabello con ternura y la emoción le hizo llorar.

—Entonces..., ¿por qué...?

—No es nada. Es sólo que quiero...

—¿Qué? ¿Qué es lo que quieres? —le apremió la impaciencia.

Sonrió burlón, como si tuviera que aclarar sus propios pensamientos.

—Me gustaría que tuviéramos más tiempo. Lo siento.

Emily no pudo evitar una mueca.

—¿Lo siento? —repitió como un eco.

—Creo que no tenía que haber dicho eso.

—Tenemos una casa de campo para los fines de semana —dijo ella precipitadamente—. Podemos ir allí, los dos solos, tanto tiempo como queramos... ¡Oh!, claro que..., debería ser yo quien te lo pidiera a ti.

—¿Cómo?

—Tú eres el que trabaja aquí, yo sólo soy tu cliente.

La realidad cayó como una jarro de agua fría entre ellos. Emily se sintió como una imbécil por haber dejado que las cosas llegaran tan lejos, olvidando que aquella noche tan maravillosa la había comprado su madre con la tarjeta de crédito.

Brett sonreía suavemente cuando le dijo:

—Eres tan hermosa, Emily, tan bella. Me parece que me estoy enamorando de ti.

—¡Brett!... —dijo, sorprendida y halagada a la vez.

—¡Y en una sola noche! —rió levemente—. Con más tiempo juntos..., ¿podemos ir ahora a ese lugar? ¿Esta noche?

Emily sabía que haría cualquier cosa y que iría a cualquier parte para saber si lo ocurrido entre ellos era algo más que una broma de sus hormonas. En esos momentos deseaba que él estuviera en lo cierto.

—Pero..., ¿no tienes un contrato?

Brett le respondió sonriente:

—Soy mi propio jefe, Emily. Además, cualquier contrato se puede rescindir.

Esperó a que ella asintiera antes de besarla.

Capítulo XV

—¿D ónde está Brett?
        Maggie miró sorprendida a los hombres que tenía delante. Nadie la miraba a los ojos, lo que era muy extraño. Normalmente todos estaban de broma y alegres cuando pasaba lista para comprobar que no faltara nadie, y siempre contestaban las preguntas que les hacía. Desde luego, algo sucedía. Maggie se quedó pensativa al caer en la cuenta de que no había visto a Brett desde que lo había dejado la noche anterior. Les dio permiso para que se fueran y se dirigió al despacho.

Encontró a Hilary delante de la puerta con evidentes muestras de nerviosismo.

—¡Hilary! ¿Qué diablos haces aquí a estas horas de la mañana?

—¿Y tú me lo preguntas?

Maggie la miró sorprendida mientras abría la puerta del despacho. Hilary tenía las mejillas inusualmente sonrojadas y no paraba de moverse. Tenía un cigarrillo entre los dedos, transgrediendo las estrictas reglas del club que prohibían fumar en sus instalaciones.

—Será mejor que entres y me expliques qué ocurre —dijo Maggie en tono tranquilizador y con curiosidad.

Una vez dentro, Hilary se paseó de un lado a otro antes de enfrentarse a Maggie. Movía la mano con el cigarrillo en el aire, poniendo énfasis a cada palabra.

—¡Dejé a mi hija a tu cuidado! —soltó agitada, claramente afectada.

—No vi a Emily cuando se fue. Yo...

—¡Es de suponer que no quería que la vieras! —interrumpió Hilary—. ¡Supongo que hubieras intentado hacer algo!

—¿Es que no fue bien? —preguntó Maggie con preocupación por si se había equivocado al elegir a Brett.

—¿Que si fue bien? —dijo Hilary con exasperación—. ¿Si fue bien? Sí, ¡claro que sí! ¡Fue demasiado bien, maldita sea! —dijo como si ya hubiera dado suficientes explicaciones.

Maggie estaba completamente aturdida.

—Lo siento, Hilary, pero es que no acabo de entender.

—Emily me ha telefoneado esta mañana temprano desde la casa de campo que tenemos para pasar los fines de semana..., me ha dicho que está con ese..., ¡con ese hombre que tú le presentaste!

Primero Maggie sintió que una ola de calor la invadía, pero luego se quedó helada mientras las palabras de Hilary hacían su efecto.

—¿Con Brett? Pero, ¡no puede ser! Brett tiene un contrato con el club.

—Pues, ¡ya ves lo que le importa! Se ve que este Brett no tiene ningún sentido de la responsabilidad y, ¡tú has dejado que se fuera con mi hija!

—Vamos, Hilary —dijo Maggie con intención de confortarla—. Un café nos sentará bien mientras hablamos del asunto. Yo estoy tan aturdida como tú.

Hilary se dejó guiar hasta el sofá de chintz verde limón y se sentó cruzando las piernas elegantemente mientras Maggie llamaba por teléfono para pedir que les trajeran el café.

Hilary se calmó enseguida al tomar los primeros sorbos del líquido oscuro y caliente y, cuando dejó la taza sobre el plato, ya había recuperado su compostura habitual.

—Te debo una disculpa —dijo inesperadamente, mientras Maggie hacía un gesto cortés negando con la mano—. No, de verdad, te la debo. Emily ya es mayor para ser responsable de sus actos. ¡Ha sido ridículo acusarte a ti! Si ese hombre la tuviera allí en contra de su voluntad no me habría llamado, ¿no te parece?

Maggie se sonrió al pensar que Brett era incapaz de secuestrar a nadie, aunque la sonrisa se le borró enseguida cuando Hilary continuó:

—Creo que fue toda esa palabrería de que estaban enamorados lo que me hizo coger pánico. Quiero decir que sólo ha pasado una noche con ese hombre y, ¡ya está soñando con campanas de boda y todas esas cosas!

—¿Qué?

La visión de Brett en el *jacuzzi,* cubierto de burbujas, le atravesó la mente como una punzada. ¿Rabia, celos? ¿Qué le ocurría en su interior? Cerró los ojos un instante y cuando los abrió de nuevo se encontró a Hilary con la cara escondida entre las manos, llorando.

—¿Hilary?

Maggie se sentó a su lado instintivamente y puso el brazo alrededor de sus hombros. Le dio palmaditas en la espalda hasta que Hilary se calmó. En ese momento se dio cuenta de que la cabeza de Hilary ahora reposaba en sus senos.

Maggie acarició su pelo corto y cobrizo: parecía tomar vida bajo sus dedos, encendido por los rayos de sol que entraban por la ventana. Fascinada, Maggie le rozó la cabeza con los labios, y notó que el pelo era suave como la seda y que desprendía una suave fragancia a melocotones frescos.

Lentamente y sin mediar palabra, Hilary se giró hundiendo la cara en el pronunciado valle que formaban los generosos senos de Maggie. Inmediatamente, lo pechos se le hincharon con el roce de los labios de Hilary y los pezones se irguieron sobresaliendo de la fina tela de la camisola.

Maggie sintió un despertar familiar bajo las bragas de encaje. No había esperado esto, no de Hilary, pero admitía que le agradaba y que estaba ansiosa por sentir de nuevo la suavidad de una mujer. Esta vez no habría coacción, ni dolor, sólo el abandono a ese deseo que crecía en su interior. Con la palma de la mano alzó el mentón de Hilary. Tenía la cara muy pálida y el maquillaje se le había corrido con las lágrimas. Maggie le limpió el rímel con la yema del pulgar y observó unas pequeñas y finas arrugas alrededor de los ojos que delataban que ya no estaba en la flor de la juventud. Sus grandes ojos azules brillaban debido a las lágrimas y su pequeña y suave boca temblaba bajo la mirada de Maggie.

—Desnúdate para mí, Hilary —le dijo en voz baja.

Hilary se puso de pie y comenzó a desabrocharse los botones del traje violeta sin apartar los ojos de Maggie. La chaqueta se deslizó al suelo rozando la mesita. Después se quitó la falda revelando sus estrechas caderas.

Llevaba una combinación de seda gris y, debajo de ésta, nada. La finísima tela dejaba entrever la sombra oscura de la entrepierna. No llevaba medias y los zapatos de tacón alto eran del mismo color violeta que el traje. El perfume, que Maggie creyó reconocer, era fuerte.

Maggie se quitó la falda y la blusa en silencio, quedándose con una camisola y bragas a juego, unas medias negras con los bordes de encaje y unas sandalias de tiras de tacón alto. Ambas se sonrieron antes de dar un paso hacia delante.

Hilary parecía frágil entre los brazos de Maggie, mientras sus lenguas se encontraban ávidamente. Le acarició los brazos, admirando la tersa y suave piel. Sabía que el resto de su cuerpo estaría igual de cuidado y el pensamiento de la dulce exploración que le esperaba hizo que se estremeciera.

Ambas se apartaron para desprenderse del resto de la ropa hasta que quedaron casi desnudas, Hilary con zapatos y Maggie con las medias y las sandalias. Sus ojos se exploraron apasionadamente. Los pechos de Hilary eran pequeños, casi cónicos, con los pezones tiesos como dos botones y de un color rosa muy pálido. Tenía el vientre ligeramente curvo con unas marcas casi imperceptibles de unas estrías que no le restaban belleza.

El suave vello rizado de su entrepierna era del mismo color cobrizo que su cabello. Eran de la misma estatura con los zapatos puestos y acercaron sus cuerpos al mismo tiempo: los pechos de Maggie se balancearon sobre los de Hilary.

Maggie jadeó cuando los pezones se tocaron y Hilary le rodeó la cintura con los brazos.

—¡Oh, sí! —murmuró atrayéndola más hacia sí para que los pechos de Maggie quedaran aplastados contra los suyos.

Maggie sintió el tacto de los rizos pelirrojos contra los suyos oscuros e inclinó las caderas hacia delante para incrementar el contacto. Se besaron lenta y profundamente saboreándose. La boca de Hilary tenía un gusto a menta y a algo dulce como la miel. Maggie se dejó inundar por ese sabor.

Mientras se miraban a los ojos, Hilary cogió a Maggie de la mano y la guió hasta el sofá. Con una leve sonrisa se acostó en él con las piernas dobladas por encima del reposabrazos y con un cojín debajo de las nalgas en actitud de ofrecimiento.

Maggie sentía que los párpados le pesaban mientras contemplaba a aquella mujer tumbada delante de ella. Sus labios todavía sentían los besos y su lengua necesitaba una miel más rica.

—Muéstrate, cariño —le susurró.

Hilary abrió las piernas despacio. Bajo los rizos tenía la carne pálida, más de lo que Maggie jamás había visto. Los labios externos sobresalían e invitaban a acariciarlos con la abertura del centro expuesta ante sus ojos. Estaba muy excitada y la suave piel relucía a la luz del sol.

Más abajo, la piel del orificio del trasero era de un rosa más oscuro y también estaba abierto como si, al igual que el de la vagina, deseara ser amado. Maggie se arrodilló en el extremo del sofá y delicadamente le comenzó a acariciar con la lengua su sexo húmedo.

Hilary emitía suspiros entrecortados y comenzó a friccionarse el clítoris. Maggie vio cómo salía de su capullito respondiendo a las caricias de los delicados dedos, e imaginaba el tacto de las uñas pintadas de color violeta sobre su piel. De repente se puso de pie e Hilary la miró sorprendida. Maggie le sonrió y, dando la vuelta al sofá, se colocó encima de ella de forma que cada una tenía acceso al sexo de la otra.

Tal como había imaginado, Hilary era más dulce que la miel y cerró los ojos para concentrarse y saborear mejor el festín. Entretanto, la lengua de Hilary no se había quedado ociosa: buscaba y se hundía en el sexo de Maggie, lo lamía y chupaba. Sus pequeños dientes blancos mordisqueaban los labios de Maggie separándolos y hurgando en su interior.

Maggie metió un dedo en el sexo de Hilary y lo untó con sus líquidos para lubricar después el tenso agujero anal. Luego introdujo el dedo por el orificio e Hilary emitió un gruñido ensordecido por el sexo de Maggie. A medida que el dedo empezó a entrar y salir, primero más despacio y después más aprisa, Hilary también empezó a chupar el sexo de Maggie con más intensidad.

El clítoris de Hilary se estremeció mientras Maggie le introducía la lengua en la vagina como si fuera una polla en miniatura hasta que no pudo más y alcanzó el orgasmo soltando un grito de placer. Los repentinos espasmos imposibilitaban a Hilary a seguir con el ritmo de su lengua así que Maggie se incorporó y, antes de que los espasmos hubieran cesado, se montó encima de ella, apoyando un pie en el suelo y el otro sobre el vientre de Hilary, hasta que sus cuerpos quedaron enlazados como unas tijeras.

Casi le dolía la respiración mientras cubría el sexo de Hilary con el suyo. Sentía la carne de la otra mujer caliente y resbaladiza contra la suya y Maggie se arrimó a ella con fuerza para sentir los latidos que desprendía todavía el clítoris de Hilary. Segundos después, Maggie se corría también y los flujos de las dos mujeres se mezclaron y se deslizaron entre ellas mientras se frotaban frenética y viciosamente.

Pasaron bastantes minutos antes de que Maggie e Hilary pudieran recobrar su aspecto normal. Hilary se movió un poco arrimándose al respaldo del sofá para que Maggie se pudiera acostar a su lado. Se besaron lánguidamente con las frentes juntas.

De repente, Hilary se puso tensa y se asustó cuando se dio cuenta de que no estaban solas. Maggie, al notar el sobresalto, se sentó para descubrir cuál era el motivo. Una sonrisa se dibujó en su boca cuando vio a Jason y a Con en la puerta.

—¿Desde cuándo estáis aquí? —les preguntó mientras acariciaba el pezón de Hilary.

Jason se sonrojó y miró al suelo, mientras Con sonreía abiertamente. Una mirada a la zona de la entrepierna de los pantalones cortos del club, y Maggie pudo comprobar que habían estado observando el tiempo suficiente.

Vio que Hilary estaba mirando a Con con curiosidad y se acordó de que no le había presentado a sus dos nuevos reclutas.

—Acercáos —les invitó—; os voy a presentar a Hilary. Hilary, éste es Jason —dijo con una gran sonrisa antes de anunciar con pompa—, y éste es ¡Constantine G. Winchester tercero!

Los ojos de Hilary apenas se fijaron en Jason, pues toda su atención estaba centrada en Con.

—¿Por qué no os ponéis cómodos y nos hacéis compañía? —les sugirió Maggie con el mismo tono de voz que usaría para ofrecerles café.

Se dirigió a Hilary sin esperar a ver si los dos hombres hacían caso a sus indicaciones. La tomó en brazos y con suavidad se la llevó hasta la alfombra blanca. Los pequeños botones se endurecieron de nuevo mientras Maggie se arrimaba a ellos. Arrodilladas comenzaron a besarse.

De reojo vio a Con que se colocaba detrás de Hilary y que, con sus grandes manos oscuras, le acariciaba los costados, bajando de los hombros a la cintura y subiendo de nuevo. Jason parecía estar imitándolo, como queriendo aprender, ya que Maggie sentía que sus delicadas manos hacían el mismo movimiento sobre su piel.

Maggie notaba la joven y ansiosa verga de Jason que se apretaba contra su espalda mientras la estaba besando en la nuca. Sintió como si unas pequeñas corrientes eléctricas la atravesaran mientras Jason la besaba e Hilary le apretaba los pezones al mismo tiempo. Maggie adivinó por la expresión de Hilary que Con estaba jugando por la zona de su entrepierna.

Hilary estaba absorta, con los labios entreabiertos y los ojos cerrados. Había arqueado la espalda y su cabeza reposaba sobre el fuerte torso de Con. Maggie se inclinó para reposar su cabeza en la elegante curva del cuello de Hilary. Una gota de sudor resbalaba por él y Maggie lo recogió con la lengua saboreando su sabor salado. Después, le lamió entre los pechos para continuar luego por el ombligo.

Jason tenía agarradas las caderas de Maggie por ambos lados y las acercó hacia sí para que las nalgas le quedaran a la altura de su verga endurecida.

Mientras la lengua de Maggie serpenteaba por el ombligo de Hilary, Con la levantaba y la embestía con su duro pene. Maggie pudo observar a pocos centímetros de su cara cómo esa gruesa y negra columna desaparecía entre la carne rosácea y emergía de nuevo brillante y mojada por los líquidos de Hilary. Maggie acercó la boca hasta la unión de los dos cuerpos de forma que cada vez que la polla de Con salía de la vagina de Hilary, ella podía lamerla a lo largo.

Las manos de Jason acariciaron la espalda de

Maggie hasta llegar entre las nalgas buscando el centro húmedo. Maggie abrió más las piernas para que pudiera acariciar con más facilidad su sexo ardiente, sin dejar de lamer la vulva hinchada de Hilary y la verga de Con.

Hilary jadeaba entrecortadamente a punto de llegar al clímax. Las manos negras y grandes de Con le cubrían los pechos y los carnosos y sensuales labios besaban con fuerza su nuca cuando le sobrevino el primer espasmo.

Maggie se apretó más a ellos ansiosa de compartir el frenesí, y comenzó a lamer el clítoris de Hilary en un vaivén frenético. En ese momento, Jason le levantó las nalgas y la penetró de golpe pero, a pesar de tener el sexo caliente y húmedo, Maggie apenas lo notó tan enfrascada que estaba con lo que ocurría delante de ella.

Sintió en cambio que Con comenzaba a tener el orgasmo y que la vagina de Hilary sufría sus espasmos cuando el cremoso fluido se vertía en su interior mezclándose con su propio flujo. Después, el líquido empezó a derramarse por la verga de Con quedándose pegado a los rizos de Hilary. Maggie lamió esa dulce poción hasta que Con se retiró del cuerpo de Hilary.

En ese momento, Maggie se apartó de Jason y se giró bruscamente abrazándole el cuello. Vio en la expresión de su cara que Jason pensaba que ella ya tenía suficiente y le sonrió diabólicamente. La confusión se transformó en alivio cuando ella lo empujó hacia el suelo, le rodeó la cintura con las piernas y se hundió en él. Lo mantuvo bien agarrado, moviendo la pelvis al mismo ritmo que él la embestía y estimulando su clítoris friccionándolo contra su suave piel. Cuando Jason alcanzó el orgasmo, gritó triunfante y le propinó una última embestida con fuerza. En ese momento, Maggie perdió el control gritando también mientras la embargaban oleadas de placer.

Antony se dio cuenta de que Alexander estaba furioso. Desde luego, Maggie había sido muy descuidada al no comprobar si el espejo espía estaba apagado. Desde el momento en que Maggie había tomado a Hilary en brazos notó que la furia de Alexander empezaba a crecer.

Ahora, Maggie estaba besando al joven Jason con gran afán, casi con tanta intensidad como la rabia que Alexander sentía al otro lado del espejo.

Alexander estaba blanco y sus ojos, azules como cristales, resaltaban brillantes. Mirando a Antony dijo con ira:

—¡Esa perra indisciplinada!

Antony se sentía incómodo y replicó:

—Puede que no se haya dado cuenta —dijo defendiéndola débilmente.

Pero Alexander no lo escuchaba, su atención estaba puesta en lo que sucedía al otro lado del espejo. En ese momento Jason, Con e Hilary se despedían de Maggie.

Querer a Alexander no era un camino de rosas y quizá ya era hora de que Maggie se diera por enterada. Antony se acordaba del principio de todo, cuando Alexander apareció por el club. Fue uno de los primeros en presentarse como monitor y en poco tiempo se encontró atrapado en sus redes de seducción. De hecho, él tampoco había ofrecido mucha resistencia, pensó Antony sonriendo arrepentido.

No, las cosas buenas de estar con Alexander sobrepasaban las malas, era sólo que..., tenía que aguantar ciertos requisitos, y Maggie se tenía que dar cuenta.

Cuando Alexander se levantó, Antony hizo lo mismo y lo siguió.

Maggie se estiró perezosamente. Sentía un dolorcillo entre las piernas causado por el joven entusiasmo de Jason y todavía tenía un ligero sabor al esperma de Con y a los fluidos de Hilary en la boca. Estaba colmada de sexo, ¡qué licenciosa se había vuelto!

Maggie se preparó un reconfortante baño de burbujas. Estaba cantando una canción mientras se cepillaba el pelo y se lo recogía en una coleta. El espejo se iba empañando de vapor mientras se limpiaba la cara y el cuello con crema, aunque le dio tiempo a retirarla con un disco de algodón. Las burbujas casi desbordaban la bañera y cerró los grifos cuando se metió en el agua.

Se hallaba totalmente sumergida en el agua, con la cabeza reposando en una almohadilla hinchable y con los ojos cerrados cuando de repente un par de manos masculinas la arrancaron de la bañera. Notó la fría corriente de aire en su piel y se encontró con la mirada helada de Alexander frente a ella.

—Alex, ¿qué haces?

Sin decir palabra, la levantó y Maggie notó que sus pies perdían el suelo. Le lanzó una mirada desesperada a Antony que estaba en el umbral de la puerta, pero no pudo ver su expresión porque estaba al trasluz. Notó sin embargo una tensión extraña en el aire que hizo que sintiera unos escalofríos por todo el cuerpo.

Alexander la llevó a rastras hasta el retrete y

se sentó en él colocando a Maggie sobre su regazo boca abajo. Maggie se retorció e intentó liberarse moviendo las piernas y los brazos sin coordinación.

Antony se sentó en el borde de la bañera y le dijo:

—Maggie, pierdes el tiempo. Es mejor que te quedes quieta o te cansarás.

El tono de voz razonable de Antony hizo que Maggie parara y alzara la cabeza para verlo, pero la mano de Alexander la golpeó en la nuca y la obligó a bajarla de nuevo.

Sus pies apenas tocaban el suelo y Alexander la colocó todavía más arriba en su regazo. Los pechos rozaron los tejanos y quedaron colgados entre sus piernas.

Hasta entonces Maggie no había adivinado sus intenciones y, cuando su mano restalló sobre sus nalgas, soltó un grito de protesta. Después de este primer cachete le siguió otro, y otro, y otro. El sonido de su mano golpeando la delicada piel resonaba en el pequeño cuarto de baño.

Las nalgas de Maggie comenzaron a arder y las lágrimas brotaron de los ojos. ¿Por qué le estaba haciendo eso? En el fondo lo que más le dolía era no saber a qué respondía todo eso.

Levantó la vista para suplicar y pedir ayuda a Antony con la mirada, pero se lo encontró con la bragueta desabrochada y masturbándose. Él sonrió casi disculpándose y le apuntó en la cara con la punta de la polla.

Maggie intentó apartar la cara, pero Alexander la agarró del pelo y la obligó a mantenerse quieta. Antony le fue metiendo el pene centímetro a centímetro hasta que lo colocó por completo dentro de la boca. Maggie se convulsionaba mientras Antony la embestía bucalmente y Alexander seguía pegándole en las nalgas.

De repente Alexander le metió un par de dedos por detrás y se echó a reír. Maggie sintió vergüenza al darse cuenta de que estaba mojada y de que tal humillación la excitaba. Las lágrimas le corrían por las mejillas mientras Alexander le trabajaba el clítoris de forma brutal y, a pesar de ello, abrió más las piernas y levantó más el culo para recibir el próximo castigo.

Antony estaba a punto de correrse y las embestidas eran cada vez más desconsideradas. Alexander le retiró la mano de la nuca y empezó a jugar con sus pechos. La vulva le latía salvajemente mientras le pellizcaba y estiraba los pezones.

Cuando Antony comenzó a eyacular en lo más hondo de su garganta, Alexander empezó a darle pequeños golpes cortos y sonoros en la parte inferior de los pechos y Maggie se corrió descontroladamente.

Apenas tuvo tiempo de recomponerse cuando Antony se retiró bruscamente de su boca y Alexander se la quitó de encima como si le diera asco. Echada en el suelo vio cómo Antony se abrochaba la bragueta y pasaba por encima de ella sin ni siquiera mirarla.

Alex se agachó estudiándole la cara:

—Las lágrimas te sientan bien —dijo con voz ronca—, nos tendremos que ocupar de que las luzcas más a menudo.

Maggie lo miró con rencor. El trasero le ardía dolorosamente, los pechos le dolían y tenía la mandíbula como desencajada. Sollozó cuando Alexander la cogió por la barbilla y le levantó la cara entre el índice y el pulgar.

—Va siendo hora de que aprendas las reglas,

nena. Tómate el baño y después sube a la oficina. Todavía no he acabado contigo.

Una punzada de rebeldía atravesó el cuerpo de Maggie.

—Y si me largo, ¿qué? —dijo con voz temblorosa—. Me podría largar. ¡No me lo puedes impedir!

Alexander la soltó y se puso de pie. Le sonrió de una forma muy extraña.

—Claro —le dijo al cabo de mucho rato—, te puedes ir cuando quieras, pero no creo que lo hagas.

Alexander soltó una risa cruel que dejó a Maggie helada. No se atrevió a moverse cuando él pasó por encima de ella para salir. Ya a solas en el pequeño cuarto de baño, continuó inmóvil, como congelada, durante un buen rato, preguntándose qué había querido decir. Comenzó a temblar y los brazos y las piernas se le enramparon. Lentamente se sentó, emitiendo un sollozo de dolor cuando las nalgas tocaron la alfombra. Con la ayuda del borde de la bañera se medio irguió y se metió en el agua que entonces ya estaba tibia.

Una vez dentro se tocó el sexo. Su vulva todavía estaba hinchada y su clítoris medio excitado. Al recordar lo que le acababa de suceder, pequeñas corrientes de placer atravesaron su cuerpo. En ese momento supo que jamás abandonaría la Orquídea Negra y que Alexander tenía razón: ahora el club era su hogar.

Capítulo XVI

A ntony la saludó con naturalidad cuando se encontraron en el apartamento.

—¡Ah, Maggie, llegas justo a tiempo para comer!

Maggie miró nerviosa a su alrededor mientras Antony le servía un plato de lasaña; se dio cuenta de que la mesa estaba preparada para dos.

—Me temo que Alexander no nos podrá acompañar —le dijo Antony como si le leyera el pensamiento.

Alex era un cocinero excelente y, desde que se había mudado con ellos, jamás había tenido que mover un dedo en la cocina y todo lo que había comido estaba delicioso.

Se dio cuenta de que Antony la observaba.

—¿Ocurre algo? —le preguntó.

—Nada. Me gusta ver cómo comes —contestó Antony sonriendo.

—¿Ah sí, por qué?

—Porque comes de la misma forma que haces el amor, ¡con ganas!

Maggie se rió un poco mientras cogió un trozo de pan pero se quedó muda de repente cuando Antony continuó:

—Y sin disciplina.

—No te entiendo —dijo Maggie tras tomar un gran trago de agua.

—No, pero ya me comprenderás. No pongas esa cara de preocupada —le dijo en tono suave para aliviarla al ver que ella no podía reprimir un escalofrío—. Es por tu propio bien. Todas las cosas tienen sus reglas; al fin y al cabo, muchas veces son esas mismas reglas las que las hacen excitantes.

Antony levantó la copa y sonrió.

—¿Has terminado?

Ella asintió.

—Bien, entonces sígueme, quiero que veas algo.

Fueron hasta el dormitorio y Antony cogió de encima del armario un portafolios enorme y lo colocó sobre la cama. Maggie no sabía lo que le quería mostrar pero tenía la impresión de que no le iba a gustar. Se sentó en el borde de la cama y Antony la miró fijamente.

—Desde el principio te has sentido inexplicablemente atraída hacia Alexander, ¿verdad?

Maggie asintió bajando la cabeza para escapar de su mirada.

—Produce ese efecto en la gente. A mí también me pasó. Tú le amas igual que le amo yo, y en nombre del amor dejas que te haga daño. Oh, ya sé, ¡crees que estás a salvo de sus pequeños juegos! Pero no lo estás más de lo que lo estoy yo —dijo riéndose—. Y aunque no lo aceptes, estás tan perdida como yo. ¡Mira!

Antony dejó a Maggie a solas en el dormitorio. La primera foto que Maggie cogió con reticencia era en blanco y negro y parecía estar hecha por un profesional. En ella se veía a un hombre de pie y de espaldas con las piernas abiertas y los brazos estirados. El rostro estaba de perfil y en sombras, por lo que no se percibían bien las facciones; de todos modos, tenía un aire que le recordaba a Antony. Todo el cuerpo estaba en tensión y los testículos quedaban totalmente expuestos.

La segunda foto estaba tomada desde el mismo ángulo pero esta vez el hombre estaba agachado. Maggie se llevó la mano a la boca por la sorpresa que le causó ver que tenía la espalda marcada por unos latigazos que lo atravesaban en diagonal.

La tercera foto era de los hombros y la cara solamente. Indudablemente era Antony. Tenía los ojos cerrados y el entrecejo fruncido. Entre sus labios rodeaba la punta rosada y mojada de un pene.

La foto número cuatro mostraba de nuevo la cara y los hombros. Esta vez, la cara estaba echada hacia atrás con el cuello arqueado y el pelo mojado. El rostro tenía una expresión de dolor pero, sin embargo, era sumamente hermoso. Maggie reconocía que jamás había visto la cara de Antony tan bella y, a pesar del dolor que reflejaba, sintió que se le estremecía la entrepierna.

La siguiente foto era de las nalgas de un hombre abiertas para mostrar el tatuaje del club: una orquídea negra. El ano, reluciente como si lo hubieran engrasado, estaba apeteciblemente abierto.

En la última fotografía se mostraba lo mismo que en la anterior, pero en ésta había una mujer totalmente desnuda, con unas botas altas hasta el muslo, que le introducía un enorme consolador por el ano.

—Bonitas fotos, ¿eh?

Maggie se sobresaltó al oír la inesperada voz de Antony a su lado. Le ofreció un Martini a Maggie y recogió las fotos con mucho cuidado y las colocó de nuevo encima del armario en su portafolio.

—¿Lo ves? —le dijo en voz baja.

Maggie no estaba muy segura de entenderlo, pero de todos modos asintió. Mientras bebía el

Martini agradecida, Antony la miró a la espera de la inevitable pregunta.

—¿Por qué? ¿Por qué dejas que te trate tan brutalmente? ¿Cómo es que continúas amándole?

—Alexander no es como otros hombres, Maggie. Jamás te dará lo que esperas, pero mantienes la esperanza de que algún día así será. Él es un obseso del control, es un titiritero y nosotros somos sus títeres del amor.

Maggie lo consideró durante unos segundos.

—¿Y para ti eso es suficiente? —le preguntó al cabo de un rato.

Antony se encogió de hombros y un ligero rubor asomó en sus mejillas.

—Tiene que serlo. Si le pides más de lo que está dispuesto a dar, acabarás sin nada.

Una sombra fugaz de desolación invadió la cara de Antony y Maggie se le acercó instintivamente y arrimó su cara a la de él. Él la abrazó y sus labios se encontraron. Al principio se besaron lánguidamente, pero después algo se encendió entre ellos y Maggie comenzó a frotarse contra él. De repente, Antony la apartó bruscamente.

—¡No! —dijo moviendo la cabeza en un desesperado intento por recobrar el control—. ¡No me has escuchado!

Maggie intentó acercarse a él riéndose.

—No, no lo entiendo. Nos hemos acostado antes en muchas ocasiones. Tú me has excitado en algunas ocasiones y yo te he excitado en otras, ¿cuál es el problema?

—Alexander no nos ha dado permiso.

Maggie se lo quedó mirando sin estar segura de lo que había oído. Se apartó y se fue hacia el otro lado de la cama y movió la cabeza.

—¿Quieres decir que todas esas otras veces actuabas bajo las instrucciones de Alexander? ¡Tienes que estar loco!

—Loco no, Maggie. Yo sólo cumplo las reglas del juego. Tú también lo tendrás que hacer si quieres quedarte aquí.

—¡No estoy segura de que quiera!

—Maggie, Maggie. Piensa un poco antes de hacer nada insensato. ¿Verdad que te han gustado estas últimas semanas?

Asintió débilmente.

—Y jamás te has quedado con ganas cuando te ha apetecido.

—No, pero...

—¡Pues ahí lo tienes! ¡Alexander también puede ser generoso!

—Y, ¿qué me dices de lo que pasó esta mañana?

El recuerdo de la humillación que había sentido cuando Alexander la había sacado de la bañera y todo lo que hizo después delante de Antony acudió a la mente de Maggie y puso cara de resentimiento.

—Te volviste glotona, Maggie. Piénsalo, podrás tener acceso a todos tus deseos de placer pero siempre que respetes las reglas.

—Las reglas de Alexander.

—Sí.

Maggie se levantó y se paseó por la habitación.

—Por el momento sólo has mencionado los deseos de Alexander pero, ¿y los tuyos? ¿Qué ha supuesto para ti que yo esté aquí con vosotros?

—Lo que yo siento no tiene importancia.

—¡Pues claro que la tiene! —dijo Maggie apasionadamente y arrodillándose delante de él y obligándole a que la mirara.

—¡Tú eres importante! Por lo menos de eso estarás convencido, ¿no?

Su pasión lo cogió por sorpresa, pero se la quedó mirando con compasión.

—Yo ya he hecho mi elección, Maggie; del mismo modo que tú también lo has hecho. Normalmente, todo lo que ocurre me parece bien.

Súbitamente la cogió y la besó salvajemente. Maggie sintió que le mordía el labio y notó el sabor de la sangre antes de que él se apartara. Maggie, aturdida, se levantó y se acercó a la ventana: sólo se veían los tejados mojados por la lluvia y algunas palomas.

—Dijo que no había acabado conmigo todavía —consiguió decir al cabo de un rato—. ¿Qué quería decir con eso?

—Ha llegado la hora, pequeña Maggie, de que demuestres tu adhesión y abnegación a nuestro pequeño *ménage à trois*. No pongas esa cara, te prometo que, si eres buena, aprenderás a disfrutar de todos los pequeños juegos de Alexander...

—¿Se lo has explicado todo?

Antony levantó la vista del libro que estaba leyendo cuando Alexander entró en el salón.

—Lo hice lo mejor que pude.

Alex le dedicó una de esas sonrisas que le desarmaban y a las que no se podía resistir a pesar de haber hecho el firme propósito de no hacer caso de su encanto. Esa noche estaba magnífico: llevaba una camisa blanca y unos pantalones negros que se le ajustaban como una segunda piel. Antony suspiró, aunque sabía que Alexander sólo estaba para Maggie y que lo mejor era no meterse donde no le llamaban.

—¿Dónde está ahora?

—Durmiendo.

—Déjala que duerma. Mañana empezaremos en serio.

Maggie estaba muy aturdida cuando se despertó. Antony sonreía delante de ella con una bandeja en las manos.

—Vamos, dormilona —le dijo en voz baja—, el desayuno está listo.

Se sentó. El café recién hecho desprendía un intenso aroma.

—¡Hmmm! Gracias, Antony. ¿Qué hora es? —dijo mirando el reloj que estaba encima de la mesita con los ojos medio abiertos. Al darse cuenta de la hora que era, se sobresaltó—. Pero, ¿por qué no me has despertado antes? ¡Tengo que pasar lista en cinco minutos!

Saltó de la cama a toda prisa pero Antony la detuvo con una mano.

—De momento estás excusada de todos tus deberes.

Maggie se frotó los ojos somnolientos y le miró con desconfianza.

—¿Qué quieres decir con «de momento»?

—Hasta que tu formación se haya completado. Ahora sé buena chica y come, nos espera un largo día.

Maggie lo miró mientras salía de la habitación. Tenía la bandeja delante, pero se había quedado sin apetito. ¿Su formación? ¡Claro! Lo que había ocurrido ayer era sólo el comienzo. Pensó por un momento que todavía estaba a tiempo de largarse. Se lenvantaría, se vestiría y saldría por su propio pie al mundo normal.

Le dio un mordisco a un bollo dejando migas por toda la bandeja. Sintió que la mantequilla derretida se deslizaba por su lengua. Cerró los ojos un instante y pensó: «¿Quién necesita normalidad?». Si se marchaba de allí, jamás descubriría dónde estaban los verdaderos límites de su naturaleza.

—Te he preparado un baño —le dijo Antony cuando regresó a por la bandeja.

Maggie se fue al cuarto de baño y se hundió en el agua caliente y aromática. Si esto era parte de las reglas, ¡estaba segura de poder obedecerlas!

Antony la estaba esperando cuando salió del baño envuelta en una toalla.

—¡Ven aquí! —le dijo.

Se acercó al sofá de cuero blanco. Sobre la mesita de cristal que había delante, Antony había colocado una toalla de lino blanco, un gran cuenco de agua caliente, otro con espuma, otro con aceite y, lo más extraño, unas tijeras y una navaja antigua de afeitar.

—¿Qué...?

—¡Shhh! No te preocupes, ¿es que nunca te has afeitado el coñito?

Le tendió la mano invitándola a acercarse. Maggie, insegura, se tumbó en el sofá. Notaba el cuero frío en su espalda mientras Antony le colocaba cojines cubiertos con toallas debajo de las nalgas para alzarla. Tensó los músculos instintivamente cuando Antony empezó a acariciarle el pubis distraídamente con una mano, mientras que con la otra alcanzaba el instrumental de barbero.

Antony frunció el ceño.

—Así no haremos nada, nena —le dijo al notar que ella apretaba los muslos.

—Es que me siento..., ¡estúpida! —confesó mientras se le enrojecían las mejillas.

Todo parecía tan frío y calculado.

—Piensa en mí como si fuera tu médico —sugirió Antony, lo que la hizo sentir aún peor—. Ya lo he visto todo antes, ¿sabes? ¡Vamos, abre esas piernas!

Maggie, reticente, le obedeció y él la premió con una sonrisa.

—¡Así está mejor! Abre un poco más y pon un pie en el respaldo del sofá y el otro en el suelo.

Maggie obedeció sintiéndose horriblemente frágil así expuesta. Cerró los ojos cuando Antony comenzó a cortar. Cogía el vello entre dos dedos de una mano y con la otra los cortaba del mismo modo que lo hacen los peluqueros.

—Intenta relajarte, cariño, ¡soy bastante bueno haciendo este tipo de cosas!

Cuando acabó con las tijeras comenzó a ponerle espuma de afeitar con la ayuda de una brocha. Maggie tuvo que admitir que sabía lo que hacía: evitaba tocar la vulva y embadurnaba más el montículo del pubis.

Maggie se encogió al primer contacto del metal contra su piel.

—¡Estáte quieta! —le ordenó Antony—. No quiero cortarte.

Maggie apenas se atrevió a respirar mientras la despojaba de su vello. Después de cada pasada, limpiaba la hoja en agua y le pasaba el dedo por la piel para comprobar el resultado. Después de unas cuantas pasadas se levantó para ir a cambiar el agua.

Ella aprovechó que él no estaba en la habitación para mirarse. Maggie vio la piel rosácea de su pubis desnuda, le pareció extraño y vulnerable.

—¡Ahora viene lo mejor! —dijo él, y su voz fue como un bálsamo para sus nervios a flor de piel.

Maggie contuvo el aliento mientras Antony separaba los labios. Su expresión era de total concentración y con sumo cuidado untó con más espuma la zona y pasó la navaja sobre aquella piel tan tierna.

Maggie suspiró aliviada cuando Antony dejó el instrumental encima de la mesa.

—¡Precioso! —murmuró—. Ahora ve a lavarte para que te pueda poner aceite —dijo en un tono de hombre de negocios.

Maggie fue obediente al cuarto de baño y, después de lavarse, se examinó en los espejos que cubrían las paredes. Donde antes había un triángulo casi perfecto de vello, ahora sólo se veía la piel rosácea, con la ranura de la vulva y el clítoris que asomaba en medio.

Maggie separó las piernas ligeramente. ¡Todo quedaba tan a la vista! Dio un respingo cuando oyó que Antony la llamaba, y salió del baño caminando con las piernas muy juntas y apretándolas con fuerza.

De vuelta al sofá, Maggie se dejó llevar por las placenteras sensaciones que le proporcionaba Antony al aplicarle un aceite intensamente aromático. Maggie suspiró y se dio cuenta de que Antony se entretenía embadurnando los labios.

Al cabo de un rato tenía la piel impregnada y cálida; sus propios fluidos se mezclaban con el aceite. La invadió una sensación de pesadez en las piernas mientras él describía círculos alrededor del clítoris, ansioso de nuevas caricias. Maggie jadeaba y sabía que estaba a punto de correrse cuando, de repente Antony paró y la dejó. Abrió los ojos sorprendida y vio que se estaba secando las manos con la toalla.

—No, cariño, todavía no —le dijo—. Aún tendrás que esperar un buen rato.

—Pero...

—¡Shhh! Calla. Ahora estáte quieta mientras te coloco esto.

Maggie se quedó atónita al ver los artilugios que sacaba de una caja que había debajo del sofá.

—Bueno, creo que esto servirá. ¿Te quieres poner en pie, por favor?

Le tendió una mano para ayudarla a levantarse. Maggie quedó frente a él mirándolo con perplejidad mientras empezaba a ponerle un fino cinturón de cuero del que colgaban unas anillas metálicas. Antony la miró caprichosamente mientras enganchaba una correa de cuero a la anilla delantera. De esta correa colgaba una especie de bolsita triangular hecha de redecilla, de la cual, a su vez, colgaba otra correa de piel. Antony le ajustó la redecilla a la vulva pasándole la correa sobrante por en medio de las nalgas y estirándola hasta engancharla a la anilla trasera del cinturón. De esta manera el sexo de Maggie quedaba totalmente recogido en la redecilla.

—¿Para qué diablos es todo esto? —dijo Maggie meneando el culo para acomodarse entre el correaje.

—Para que mejores, Maggie —le contestó enfurecido.

Todavía no había acabado. Maggie observó incrédula cómo le colocaba dos gruesos brazaletes de piel en las muñecas. Después, le puso las manos en la espalda y las ató a otra correa que a su vez enganchó a la anilla trasera.

—¡Antony...!

—Calla, ten paciencia.

Antony le pellizcó los pezones riéndose y Maggie, a pesar de su situación, sintió que su clítoris empezaba a latir. La siguiente correa la agarró a la misma anilla delantera de la que colgaba también el cinturón de castidad. De ésta colgaba un ensamblaje de correas más gruesas de cuero que hacían la función de un sujetador sin copas y que se mantenían unidas por una fina tira de piel que se ataba al cuello. Antony se la colocó y la abrochó por detrás, ajustando las tiras de piel para que los pechos quedaran levantados y expuestos.

—¿Estás cómoda? —le susurró en la oreja haciéndole cosquillas.

—Sí —respondió ella con la boca y la garganta secas.

Entonces, Antony se apresuró a ajustar las correas todavía más para que los pechos estuvieran más apretados.

—¿Y ahora?

—Un poco incómodo, Antony. ¡Oh!

Y apretó más hasta provocarle dolor. Maggie se mordió el labio inferior para no llorar.

—Bueno, a ver qué aspecto tienes.

Antony se apartó de ella un poco para admirarla, fijándose sobre todo en los pechos apretujados. Le pellizcó los pezones hasta que éstos se irguieron desafiantes.

—Eso está mejor. ¡Ah! No nos hemos de olvidar de los zapatos que Alexander ha comprado especialmente para ti. Quédate donde estás.

Se fue al dormitorio y regresó con una caja de zapatos. Maggie jamás había visto unos tacones tan altos. Antony la ayudó a calzarse, ofreciéndole su mano de apoyo para que no perdiera el equilibrio.

—¡Ven! Mírate al espejo —le dijo empujándola hacia el dormitorio.

Maggie vio su propio reflejo acercarse al espejo y apenas se reconoció en aquel ser de ojos salvajes ataviado con todas esas correas y caminando seductoramente sobre los altísimos tacones.

—¡Divina! Alexander estará contentísimo cuando te vea. Ven, acércate a la cama.

Maggie obedeció, en parte porque no sabía qué otra cosa podía hacer y en parte porque tenía que admitir que sentía curiosidad por saber qué más le esperaba. Se sentó en el borde de la cama y Antony empezó a cepillarle la gruesa mata de cabello oscuro y la besó en la nuca.

Maggie cerró los ojos al sentir el tacto suave de algo que parecía pelo de animal en el cuello y se dio cuenta de que Antony le estaba colocando un collarín forrado de piel de visón alrededor.

Le invadió un sentimiento de impotencia cuando vio que Antony enganchaba al collarín una cadena y que, a su vez, agarraba el otro extremo de la cadena a la columna de la cama. Amarrada de esta manera, Maggie podía recostar la cabeza en las almohadas pero no podía bajar de la cama.

Antony enrolló un pañuelo de seda negra y lo ató alrededor de la cabeza de Maggie, tapándole los ojos. Se movió para intentar ver un poco de luz y, al no conseguirlo, tuvo miedo y se le hizo un nudo en el estómago.

—No te preocupes..., no estaré lejos. Más adelante te traeré algo de comer.

Antony la beso tierna y largamente en los labios y después se fue dejándola sola. Maggie se quedó sentada rígidamente en la cama. Deseaba que Antony se hubiera quedado para hacerle compañía o que por lo menos hubiera dejado la radio en marcha; jamás se había sentido tan sola.

Reposó la cabeza sobre las almohadas y se preparó para recibir a Alexander.

Capítulo XVII

A lexander no apareció. Maggie se despertó sobresaltada cuando Antony le tocó el hombro. Le quitó la venda de los ojos y empezó a darle de comer trocitos de filete a la pimienta y lechuga. Sorbía vino tinto y Antony le limpiaba paciente las gotas que resbalaban por la barbilla. Cuando acabó de comer, le ayudó a ir al cuarto de baño y, una vez allí, le abrió las esposas para que pudiera valerse por sí misma.

Maggie sintió vergüenza de que Antony la viera sentada en el retrete. Una vez lista, la lavó con un paño caliente y le hizo abrir las piernas para untarle el sexo rapado con aceite perfumado. Como la vez anterior, lo frotó y friccionó hasta dejarla sofocada. Para acabar, le dio un pequeño cachete en el clítoris y después la ató de nuevo y la condujo a la habitación.

En todo este tiempo Antony apenas había pronunciado palabra, excepto para pedirle que se moviera hacia un lado u otro. Cuando la dejó sola de nuevo, Maggie casi lloró: la soledad se le hacía insoportable. Esta vez por lo menos no le había vendado los ojos, pero le dolían los brazos de tener las manos atadas en la espalda. De nuevo, el sexo le latía anhelante.

Perdió la noción del tiempo ya que dormitaba cada vez más a menudo. Cuando se despertó supuso que era de noche por el profundo silencio que reinaba a su alrededor. Así, pues, no iban a dormir con ella esa noche.

Imaginó a Antony y a Alexander juntos en la gran cama del piso de arriba. ¿Se habían olvidado de ella? A pesar del dolor y de la humillación que había soportado hasta ahora, lo peor de todo era la soledad. Cuando Alex abusaba de ella por lo menos tenía asegurada toda su atención. Lloró por la pena que sentía por ella misma hasta que se durmió.

A la hora del desayuno suplicaba a Antony que le desatara las manos.

—¡Por favor, sólo mientras como!, ¡mientras tú estás aquí! ¡No ves que no puedo hacer nada!

Antony hizo caso omiso de sus ruegos y continuó dándole pacientemente cucharadas de cereales y café fuerte a pesar de que ella se negaba a abrir la boca. Una vez más la llevó al cuarto de baño, la lavó, le dio el masaje con el aceite y se aseguró de dejarla al borde del orgasmo antes de llevarla de vuelta a la habitación.

—¡Esto ya no es nada divertido! —se quejó Maggie con un hilo de voz cuando la dejó en la cama otra vez.

Él se limitó a rozarle la frente con los labios.

—No tiene que ser divertido —murmuró suavemente mientras se alejaba.

Maggie le oyó salir y cerrar la puerta. No pudo soportarlo y empezó a temblar.

—¡Antony, Antony! ¡Vuelve!

Esperó a ver si oía pasos y al cabo de unos minutos, al no obtener respuesta, se puso furiosa y empezó a gritar:

—¡Déjame salir, Antony! ¡Alexander! ¡Hijos de..., venid aquí ahora mismo!

De repente se abrió la puerta y apareció Antony

con una maleta. Sin mirarla se dirigió al armario y empezó a poner sus prendas dentro.

Maggie, asustada, le vio colocar ordenadamente toda su ropa.

—¿Qué estás haciendo? —le preguntó con desmayo.

Antony hizo una pausa y la miró fríamente.

—Te querías ir, ¿no?

—¡No, no! ¡Yo no quería decir esto!...

—Entonces, ¿ya no quieres jugar más? —le preguntó en tono burlón—. Tienes que crecer, Maggie; éste es un juego de adultos, o te atienes a las reglas o te vas ahora mismo. Tú eliges.

Maggie le miró con grandes ojos y se sintió como una estúpida.

—¡Me quedo! —susurró.

Antony la miró intensamente por unos instantes y movió la cabeza satisfecho.

—Bien —dijo escuetamente.

Maggie le vio reordenar sus vestidos e irse sin apenas mirarla. Cuando se encontró de nuevo a solas, se enroscó como un ovillo bajo la manta y se quedó dormida otra vez.

La despertaron unas voces en la habitación de al lado. Se arrodilló para oír mejor, eran Antony y Alexander y una mujer. La puerta se abrió y se confirmaron sus suposiciones.

—¡Oh!

La mujer se detuvo dubitativa en el quicio de la puerta al ver a Maggie acurrucada.

—No pasa nada, Camila. Maggie está aprendiendo a comportarse —dijo Alex y la mujer se puso a reír.

—¡Vaya! ¡Debe de ser muy terca!

Antony cruzó la habitación y sin mediar palabra cogió a Maggie y la llevó al cuarto de baño donde repitió el acostumbrado ritual de lavarla y ungirla. Después le enjuagó las lágrimas con el pulgar, le pasó una toalla caliente por la cara y la llevó al dormitorio.

Sin embargo, esta vez, en lugar de dejarla en la cama, la sentó sobre el tocador y pasó la correa por detrás del espejo.

Alexander se acercó para observarla atentamente y para admirar las correas que le cruzaban el cuerpo realzándole los pechos y escudando, aunque no por completo, su sexo.

—¡Hermosa! —dijo—. Maggie, estás maravillosa.

Alexander le echó la cabeza hacia atrás agarrándola por la barbilla y le cubrió la boca con la suya. A pesar de estar derrotada, el beso la subyugó. Abrió los ojos cuando él se separó de ella y le metió el pulgar bajo el labio inferior acariciándolo. Con la otra mano le presionaba y pellizcaba el pecho hasta que el pezón se endureció y luego le hizo lo mismo con el otro. Maggie empezó a gemir suavemente cuando le acarició el cuerpo hasta llegar a la redecilla que le cubría el sexo.

Súbitamente retrocedió unos pasos.

—Muy bien —dijo frío, totalmente distanciado.

Maggie vio descorazonada que Alexander se giraba y se dirigía hacia la cama en la que Antony y Camila se estaban desnudando el uno al otro.

—Alex, Alexander, por favor, desátame. No me dejes así...

Él le lanzó una mirada de irritación.

—¡Haz que se calle, Antony!

Alex se volvió hacia Camila, la tomó entre sus brazos y la besó apasionadamente. Antony, en calzoncillos, atravesó la habitación, se dirigió hacia ella y, sin decir nada, cogió la venda negra que llevaba antes sobre los ojos. Maggie se encogió al pensar que iba a quedar a ciegas de nuevo, pero gimió al entender que su intención era otra.

Las lágrimas le corrieron por las mejillas al notar que la seda le apretaba los labios y se le metía en la boca. Antony le sonrió fríamente y ella vio que, a pesar de lo frío que parecía, Antony sentía celos de ella. Le siguió con la mirada mientras se reunía con la pareja de la cama.

¿Iban a hacerle presenciar cómo le hacían el amor a aquella mujer? Era horrible, peor que cualquier castigo físico. No podía ni tan siquiera tocarse a sí misma mientras miraba...

Fue entonces cuando lo comprendió todo: Alexander la estaba castigando por buscar placer sin su permiso y ésa era la manera de enseñarle a reprimirse, forzándola a la castidad.

Maggie clavó los dientes en la mordaza. No conseguía controlar su libido y se moría por una caricia en su sexo. Intentó apartar la mirada de los tres cuerpos que yacían en la cama frente a ella, pero los espejos que tenía alrededor siempre le reflejaban la escena.

—¡Abre los ojos, Maggie!

Cumplió la orden obedientemente y se estremeció bajo la mirada furiosa de Alexander.

—¡Observa y aprende! Serás la estrella de la próxima fiesta nocturna, o sea que, ¡presta atención!

Una sensación de frío se apoderó de sus entrañas mientras él la miraba con una mueca parecida a una sonrisa. Sólo faltaban dos días para la fiesta y seguro que Alexander estaba tramando algo. Sabía que, aunque presentía que no le iba a gustar, no se atrevería a desobedecerle. Se dispuso a observar.

—Gírate, Camila; apóyate en tu espalda y enséñale a Maggie lo magnífica que eres.

La mujer tenía el pelo rubio y largo hasta los hombros. Sus ojos, de un azul penetrante, miraban fijamente a Maggie como si estuviera ebria o drogada. Cuando Alexander le acarició el ombligo, ella le ofreció los generosos pechos y frunció el labio inferior. Su piel era pálida y ligeramente pecosa.

—¿Has visto lo dócil que es? —dijo Alexander dulcemente mirando a Maggie.

Entonces, Alexander dio un cachete en los pechos de Camila y Maggie se quedó mirando cómo se movían temblorosas las dos bolas. La mujer no se quejó, sólo emitió un ligero sonido entrecortado a través de los labios pintados y se quedó inmóvil mientras Alexander le acariciaba todo el cuerpo hasta llegar al sexo y le abría las piernas para que Maggie pudiera verlo.

—¿Lo ves? Totalmente húmedo.

Maggie se puso a temblar de deseo al ver que Alexander hundía los dedos ahí. Los gemidos de Camila resonaban en las paredes y dentro de sus oídos.

Ella también estaba mojada y probó de apretar los muslos, pero los correajes se lo impedían. La vulva de Maggie comenzó a latir anhelante mientras los movimientos y gemidos de Camila se aceleraban. Alexander hizo un gesto a Antony y éste colocó un cojín bajo los riñones de la mujer de manera que el ano quedó totalmente expuesto. Luego empezó a lubricarlo con los jugos de la vagina y lo friccionó con el dedo.

—¿Te gusta, verdad, Maggie? Tú tienes el culo perfecto para que te den —y sonrió al ver la mueca que Maggie hacía—, ya es hora de que pruebes, y vas a hacerlo en la próxima fiesta.

Entonces empezó a besar a Camila apasionadamente mientras Antony la penetraba por detrás. Si Maggie hubiera podido hablar, hubiera gritado; las palabras de Alexander la habían asustado profundamente. Lo había pasado muy mal al verse expuesta a las miradas en la sala de exhibiciones, pero hacer una actuación pública en el escenario ya era demasiado, eso no podría soportarlo.

Los ojos de Alexander se cruzaron con los suyos y ella le miró desafiante. Se dio cuenta de que, en el fondo, su resistencia excitaba más a Alexander. En ese momento se levantó y se dirigió a ella; estaba muy excitado, tenía una gran erección. Le desató las manos y comprobó que tenía las muñecas enrojecidas y calientes debido a la presión de las esposas. Alexander le pasó los labios suavemente por encima de los suyos. Fue el más suave de los besos, pero para Maggie fue su perdición: le entraron unas ganas irrefrenables de proporcionarle placer, de hacerle olvidar a la mujer de la cama. Le miró a los ojos y le acarició el glande con la punta del pulgar y comenzó a moverle la piel arriba y abajo, hasta que Alexander llegó al clímax de la excitación. De repente, el flujo la inundó cuando el primer chorro salió violentamente, seguido de otros más que fueron a parar sobre su estómago. El líquido se escurrió hasta su sexo, desnudo y afeitado, bajo las correas. Cuando hubo acabado, se apartó de ella.

Maggie ni se había dado cuenta de que Antony y Camila ya no estaban en la habitación. Alexander fue hasta la cama donde alisó las almohadas. Mientras, Maggie no dejaba de mirarlo deseando que regresara con ella.

Alexander le desató la cadena y, tomándola en brazos, la llevó hasta la cama. Lentamente la fue liberando de todos los correajes hasta que quedó totalmente desnuda y libre. Entonces, Alexander paseó apreciativamente la mirada sobre su cuerpo de arriba abajo, deteniéndose en su sexo.

—¡Abre las piernas! —le ordenó.

Maggie le obedeció automáticamente.

—Dobla las rodillas, así..., muy bien. ¡Fantástico! Los labios se ven perfectamente... Creo que te dejaré afeitada para siempre, Maggie. Es una vergüenza esconder estos tesoros.

Maggie se estremeció intentando incitarle en silencio a que la tocara y él sonrió como si hubiera leído su pensamiento y sus intenciones. Entonces, Alexander la atrajo hacia sí y ella se abrazó a él. Empezó a acariciarle el sexo con la mano y en poco tiempo Maggie se sintió inundada por aquel flujo familiar que la hacía gozar tras la forzada abstinencia. Con las primeras señales del orgasmo, Alexander le apretó más el sexo con la palma de la mano, mientras ella se convulsionaba de placer.

Apenas se dio cuenta de que Alexander la tendía amorosamente a su lado en la cama y la acurrucaba entre sus brazos mientras murmuraba palabras cariñosas entre su pelo. Luego le cogió la barbilla entre los dedos y le dijo mirándola intensamente:

—¿Estás lista para entregarte a mí, Maggie?

—¡Oh, sí! —susurró ella con fervor.

—¿En cuerpo y alma?

—En cuerpo y alma, de verdad.

Él sonrió y la abrazó.

—Bien, entonces mañana por la noche saldremos juntos tú, yo y Antony para comprobarlo.

Unos minutos después, Maggie entendió que, por esa noche, ya estaba todo hecho y se durmió tranquilamente agarrada al brazo de Alexander.

Maggie miró nerviosa a su alrededor mientras buscaban mesa. Alexander le había dicho que irían a cenar fuera y ella había supuesto que la llevarían a un restaurante romántico, tal vez con velas en la mesa. En lugar de eso, ahora se hallaban en un local mugriento situado en uno de los suburbios de la ciudad.

La aburrida conversación que mantenían Antony y Alexander empezaba a animarse. El local estaba regentado por un hombre de mediana edad y gordo que llevaba un delantal grasiento azul y blanco atado a la cintura por debajo de la prominente barriga. Se dirigió a ella y Maggie se dio la vuelta.

En ese mismo momento, un viejo se acercó a la barra y se quedó mirando a Maggie que se movió visiblemente incómoda. Llevaba unos pantalones muy holgados con unos tirantes que evitaban que se le cayeran. Un camionero solitario se sentó a su izquierda y se puso a devorar la comida sin levantar ni una sola vez la vista del plato.

En el rincón opuesto se instaló un grupo de motoristas, uno de los cuales, el más presentable, miraba las piernas de Maggie que estaba sentada en la silla de plástico. Ella intentó sin éxito bajarse la falda de lycra. Se preguntó por qué Alexander había querido que llevara ese traje esa noche. Aunque era de manga larga y cerrado hasta el cuello, era tan ajustado que se le marcaba hasta la última curva y era tan corto que casi se le veía el liguero. Era un vestido adecuado para llevarlo en un club nocturno elegante, pero aquí, a primera hora de la tarde y con luz fluorescente, se sentía fuera de lugar.

Alexander le acarició el cuello con los dedos y le dijo dulcemente:

—¿Va todo bien, Maggie?

—¡No! —contestó furiosa, intentando ocultarse del hombre que ahora la miraba descaradamente—, me voy a sentar al lado de Antony.

—No, eso no —le dijo Alexander cogiéndola por la cintura—. No me gusta que le des la espalda a tus admiradores, Maggie. Sería una descortesía por tu parte.

Cuando Maggie estaba a punto de replicarle, se acercó una camarera. Era tan poco frecuente encontrar camareras en un lugar como aquel que Maggie se olvidó de lo que iba a decirle a Alexander. Era una muchacha joven, delgada, rubia y con el pelo rizado. Sus ojos carecían de frescura y parecía aburrida mientras cogía el lápiz para anotar sus consumiciones.

—Queremos huevos con patatas —dijo con resolución Alexander sin consultar ni a Maggie ni a Antony— y judías, pan tostado y salchichas.

La joven se sonrojó un poco cuando Alexander le dirigió una de sus irresistibles sonrisas. Maggie también la miró disimuladamente: escondía una bonita figura bajo el uniforme de nailon, pero no pudo imaginársela excitando el fino paladar de Alexander.

—¿Cerveza para beber? —dijo sonriendo con cara de boba.

—Por supuesto —asintió Alexander.

Alexander mantenía fija su mirada en la chica que se alejaba contoneando exageradamente las caderas.

—No te molestes, Maggie —le dijo Alexander, intuyendo que estaba un poco molesta.

Ella le miró resentida y él le puso una mano

en la rodilla como si quisiera disculparse. A Maggie le hubiera gustado apartarla porque el hombre que la miraba se había dado cuenta del gesto de Alexander y le molestaba demostrar tanta familiaridad en público.

Cuando les sirvieron la comida, Maggie se quedó mirando el plato desganada. Antony y Alexander, en cambio, comenzaron a engullir ante su sorpresa y a beber cerveza en abundancia, mientras la suya continuaba en la jarra calentándose.

—¿No tienes hambre, Maggie? —le preguntó Alexander inocente.

Se rió y ella le miró enfurruñada mientras él se servía una salchicha. Maggie tenía ganas de que acabaran ya para poder irse. En un rincón de la sala había una máquina de discos; alguien echaba monedas continuamente y desde hacía rato una música estridente no paraba de sonar.

Maggie sintió que la observaban y alzó la mirada cautelosamente. Se trataba del joven motorista y sus ojos coincidieron. Él le sonrió y a Maggie se le hizo un nudo en el estómago. A pesar de los tejanos mugrientos y de la chupa de cuero parecía limpio y atractivo. Llevaba el pelo muy corto y la oreja perforada con varios pendientes de oro. Tenía las manos curtidas de obrero. Ella se sobresaltó al oír la voz de Alexander en la oreja:

—¿Ya has adivinado cuál es?

—¿Qué?

Se volvió horrorizada hacia él. ¿Qué había querido decir con eso? En ese momento la mano de Alexander empezó a acariciarle la pierna y los muslos; su falda subió aún más. Maggie se puso muy rígida y se le secó la garganta al intentar escapar de la hipnótica mirada que Alexander fijaba en ella mientras frotaba su sexo a través de las braguitas de algodón. ¡Oh, cielos! ¡No, no podía ser! ¡Se estaba poniendo cachonda con toda esa gente mirándola! Alexander le sonrió como si supiera lo que pensaba y algo en el interior de ella hizo que se apartara de él.

—¡Por favor! —le susurró asustada—, ¡por favor, no continúes!

Él no dijo nada pero, inesperadamente, la besó. Maggie ni oyó los alaridos de los motoristas cuando ella se apoyó en los hombros de Alexander con abandono.

Se sintió mareada y desprotegida, sin ningún control sobre su cuerpo. Una parte de ella se moría de vergüenza por aquella humillación; otra, sin embargo, gozaba con ello. Seguramente eso mismo era lo que debía de haber sentido Antony cuando Alexander tomó aquellas fotos comprometedoras que le dejaban por completo en sus manos. Estaba claro que toda realidad desaparecía con el aliento de Alex en su cara y con el roce de sus dedos en los muslos.

—¡Oh, mi Maggie, te pones tan dulce cuando estás cachonda! Enseñarte resulta incluso demasiado fácil.

Sus palabras le sonaban como lejanas.

—Por favor —le susurró abandonando todo orgullo—, llévame a casa y hazme el amor.

—Lo haré, querida Maggie, te lo prometo, lo haré pronto. Pero antes tendrás que demostrarme lo mucho que me quieres.

Tuvo un escalofrío y se apartó de él.

—¿Cómo debo probarlo?

—Haciendo exactamente lo que yo te diga.

Cogió entre sus manos la cara de Maggie y la miró unos instantes; luego la giró para que pudiera ver a los hombres del rincón.

—¿Ves al joven de los pendientes? ¿Aquel que estabas mirando antes? Vé hacia él y ofrécete por un billete de diez.

Maggie se puso a temblar del susto y se arrimó a Alexander. El hombre de los pendientes parecía haber perdido el interés y estaba de espaldas, conversando con sus amigos y fumando. Maggie cerró los ojos. No podía hacer eso: dirigirse a un desconocido en un café e intentar vender su cuerpo... ¡No!, no podía hacerlo.

Cuando trató de explicarle a Alexander que eso no era para ella, éste la miró fríamente.

—¿No me entiendes? —insistió Maggie.

—Entiendo que no te importa perder tu empleo en el club y que tu amor por mí es pura apariencia.

Un escalofrío recorrió la espalda de Maggie. Alexander la miraba distante como esperando a que se decidiera. Miró a Antony y éste le devolvió una mirada tan dulce que casi la hizo llorar. No quería dejarle, sabía que su vida sin ellos estaría vacía, sin sentido.

—¿Y bien? —preguntó Alexander apremiante y mirando el reloj.

—Yo..., pero, ¿dónde? Quiero decir..., ¿aquí?

—No, aquí no, estúpida. ¿Quieres que nos arresten a todos? Aquí al lado hay una callejuela; te bastará con diez minutos.

¡Un callejón! ¡Dios mío! Maggie vio que anochecía pero que todavía había luz suficiente para que se pudiera ver con claridad lo que ocurría en la calle. Alexander le dio un preservativo.

—Asegúrate de que se lo pone. ¡Adelante!

Maggie se rió histéricamente pensando en el espectáculo que iba a hacer. Era todo tan incongruente, tan irreal, estaba haciendo todo lo que él le había pedido, o mejor dicho, ordenado...

Cuando consiguió levantarse de la mesa, sintió que las piernas le temblaban y, con pasos inseguros, se dirigió hacia el hombre. Sus tacones resonaban sobre el suelo y una docena de miradas curiosas la seguían. Cuando llegó frente al hombre, éste quitó las piernas de encima de la mesa y la miró arrogante, mientras Maggie mantenía la mirada baja. Se quedó allí de pie, haciendo caso omiso de los comentarios que oía a su alrededor. Una mano le rozó el trasero.

—¿Sí? —le dijo el hombre frunciendo el entrecejo.

—¿Quieres estar conmigo por diez pavos?

Ya estaba dicho. El hombre quedó atónito mientras ella le miraba expectante. Él reaccionó enseguida y Maggie pudo ver que ya tenía una erección.

—¿Diez pavos? —repitió ante las risotadas de sus amigos.

—¿Qué me dices de cinco para hacértelo conmigo, guapa? —dijo uno de ellos burlonamente.

Se dio la vuelta hacia donde estaban Antony y Alexander para darse seguridad y pestañeó sorprendida: la mesa estaba vacía. Echó una ojeada por todo el local pero no vio ni rastro de ellos. ¡Los muy hijos de puta! ¿Cómo podían abandonarla ahí en medio de todos esos tipos? Por primera vez en su vida, Maggie tuvo miedo de verdad y se le hizo un nudo en el estómago.

—¡Vamos!

El hombre en cuestión la cogió por el codo y ella estuvo a punto de salir huyendo por el terror, pero se dio cuenta de que el tipo era mucho más fuerte que ella y de que no llegaría muy lejos con los tacones que llevaba. Montárselo con un desconocido en un callejón teniendo a Antony y Alexander cerca era una cosa, pero así, sola, era un asunto muy diferente.

Había tanta gente a su alrededor que Maggie se dijo que lo mejor era seguir adelante y confiar en que el tipo se conformaría con un polvo rápido. No quería ni pensar en lo que podía pasar si aquellos hombres se animaban y los seguían.

Maggie se vio obligada a salir a la calle cuando el hombre, impaciente, le abrió la puerta. Hizo como que no oía las vulgaridades que le dirigían y se concentró en poner un pie tras otro para evitar tropezar. Afuera hacía frío y no llevaba ninguna prenda de abrigo, así que cruzó los brazos sobre el pecho y siguió al hombre hasta el callejón que estaba al lado del café.

—Aquí está bien.

La empujó contra la pared y ella le tendió el condón sin decir palabra. Él se rió.

—¿Así que eres una puta de verdad, eh?

Maggie recordó que en alguna parte había leído que las prostitutas no besaban jamás en la boca a sus clientes, así que, cuando él acercó la cara, ella torció el cuello para apartarse. El hombre le subió el vestido hasta la cintura, le quitó las medias y las bragas. Respiraba pesadamente y ella sentía en su cuello el calor de aquel aliento. Él se desabrochó la cremallera y sacó la polla por la braga. Le oyó maldecir cuando se puso el condón y le vio tirar el envoltorio al suelo que se sumó a la basura que el viento removía: bolsas de patatas, cajetillas de cigarrillos, envases de plástico... Un olor acre de orina flotaba por todo el callejón.

La penetró de golpe, apoyando las manos en la pared, una a cada lado de la cabeza de Maggie, y con una expresión concentrada en la cara. Maggie abrió los brazos y los pegó a la pared para mantenerse firme. Por suerte, él se corrió enseguida, sin importarle el dolor que los ladrillos de la pared producían en la espalda de Maggie. Luego se quitó el condón y lo tiró al suelo.

Se abrochó la bragueta y sacó el dinero del bolsillo. Maggie lo cogió sin mirarle porque no tenía otro remedio, ya que no llevaba el bolso y necesitaba dinero para el taxi.

—Gracias, cariño —le dijo el hombre—. No ha estado nada mal.

El hombre se dirigió al bar silbando entre dientes. Tan pronto como Maggie le perdió de vista, se pasó la mano por el pelo intentando peinarse y se arregló la ropa. Le temblaban los labios como si estuviera a punto de llorar. Se dio cuenta de que tenía las medias rotas y las tiró al suelo de la calle sin entretenerse, y se fue a toda prisa por miedo a que algún tipo del bar le pidiera otro «servicio».

Al salir de la callejuela miró a ambos lados y vio una cabina de teléfono. Desde allí podría llamar un taxi, pero se dio cuenta de que no tenía monedas.

Vio un coche que se acercaba a ella despacio y que la puerta trasera se abría invitándola a entrar. Dentro estaba Alexander sonriendo.

—¡Me has dejado tirada! ¿Cómo has podido hacerme esto?

Él se rió y ella, mirándolo incrédula, también empezó a reír.

—Entra, Maggie, vámonos ya a casa.

Ella se sentó en el asiento de cuero y se dejó abrazar. Antony aceleró y se fueron del barrio en dirección al Club Orquídea Negra.

—¿Creíste de veras que te habíamos abandonado? —murmuró Alexander mientras la besaba en el pelo.

—¡Claro! Fue horrible.

—¿Te asustaste?

—Sí, estaba muy asustada. ¿Satisfecho?

Él la abrazó fuerte.

—¡Ah, Maggie! ¡Me conoces tan bien! ¿Cómo podría no amarte?

Maggie cerró los ojos y aspiró su aroma. Hacía menos de una hora odiaba profundamente a Alexander y, sin embargo, ahora no le cabía duda alguna de que le amaba locamente. No importaba lo que le pidiera, sabía que haría cualquier cosa por él.

Capítulo XVIII

*L*os rayos de sol que se colaban a través de las cortinas de encaje despertaron a Maggie. Se desperezó como un gato y se entretuvo mirando las formas que el sol dibujaba sobre su piel.

Encima de la mesita de noche había una bandeja con zumo de naranja, unos bollos y un tarro con miel. Maggie se bebió el zumo y untó los bollos con la dulce y pegajosa miel.

Tenía pereza y notaba las extremidades entumecidas, así que apartó la bandeja y volvió a hundirse entre las sábanas. No había reloj en la habitación, pero no le importaba saber qué hora era ya que la noche anterior Alexander le había dicho que se tomara el día libre para que estuviera relajada para la noche.

Maggie decidió no pensar en lo que la noche le deparaba. Alex se lo había explicado todo cuando llegaron del café. Se había metido en la bañera y se había dejado lavar. Las caricias de la esponja la relajaron y la voz de Alexander la había dejado en un estado casi hipnótico.

—Estarás en el escenario sobre un podio cubierto de pieles, como una cama. El público estará en la oscuridad, no verás a nadie, pero a ti todos te podrán ver. Además, unas cámaras ocultas captarán cada temblor que salga de tu cuerpo y las imágenes se proyectarán sobre dos pantallas enormes. Estarás con tres hombres, Antony, Bruno y yo, y aceptarás que los tres entren en tu cuerpo al mismo tiempo... No te preocupes, todo irá bien.

Maggie apretó los párpados con fuerza y se hundió más en las almohadas. No estaba segura de si el nudo que tenía en el estómago se debía al miedo o a la excitación. Alexander le había dicho que descansara, así que procuró relajarse hasta que consiguió dormirse de nuevo.

Antony la despertó más tarde.

—¡Arriba, es la hora de los ejercicios! —le dijo enérgicamente y haciendo caso omiso de sus protestas.

—¡Oh! Tengo sueño todavía.

—Pues métete en la ducha con agua fría mientras yo te preparo otro zumo.

Maggie salió de la cama y se dirigió al cuarto de baño como una autómata. Se metió bajo el agua templada y se dio cuenta de que había seguido las órdenes de Antony sin rechistar.

Esto la dejó muy perpleja: ella siempre había sido una mujer muy independiente y no soportaba que ningún hombre le diera órdenes. Sin embargo, aquí estaba, atrapada en las redes de Alexander y dispuesta a hacer cualquier cosa que le mandaran él o Antony.

Al salir de la ducha se secó vigorosamente con la toalla. ¿Qué sentido tenía autoanalizarse constantemente? La verdad era que esperaba esa humillación con agrado, aunque también le daba miedo.

En el gimnasio trabajó a conciencia y el traje gris que llevaba pronto quedó empapado de sudor. Trabajó la musculatura abdominal hasta que el esfuerzo casi le hizo llorar y continuó con los aparatos hasta el límite de sus posibilidades. Después, cuando estaba duchándose con agua caliente, notó que tenía agujetas en cada centímetro de su cuerpo.

Alexander la esperaba en la sala de masajes. Le sonrió y Maggie se quitó la bata y se tumbó boca abajo sobre la camilla. Como siempre, las manos expertas de Alexander sabían exactamente la presión justa que tenían que ejercer y cómo trabajar cada músculo del cuello, hombros y espalda para que desapareciera el dolor causado por el ejercicio. Maggie se quedó agradablemente dormida y Alexander comenzó a masajearle los brazos empezando por arriba y acabando en los dedos, trabajando cada uno de ellos hasta producirle un agradable hormigueo.

Le dio un masaje concienzudo en los muslos, bajando lentamente por las pantorrillas. Cuando acabó, Maggie hizo un gesto para darse la vuelta pero Alexander la detuvo poniéndole una mano en la espalda. Maggie levantó la cabeza para ver qué hacía. Se había dirigido a un armario que jamás había visto abierto. Alexander lo había abierto con una llave que llevaba colgada de una cadena y Maggie se asustó al ver lo que había dentro: aparte de una hilera de botellas y frascos, lo que más le llamó la atención era una colección de consoladores que estaban ordenadamente colocados por tamaño. Empezando por la izquierda, el más delgado no medía más de un dedo; el último era tan grande que Maggie jamás había visto nada parecido.

Alexander la miró por encima del hombro y pasó el dedo por la estantería comenzando por la mitad de la fila de los consoladores en dirección a los más grandes. Maggie miraba horrorizada aquella monstruosidad que estaba al final de la hilera. Finalmente, Alexander escogió uno de tamaño mediano con la punta rodeada con un anillo de goma. También cogió un tubo de crema, cerró la puerta del armario y volvió a la camilla.

El corazón de Maggie latía desbocado, todo el sopor que le había proporcionado el masaje se había desvanecido. No se atrevía a moverse y esperaba humildemente.

Alexander no dijo ni una sola palabra y le colocó una toalla plegada bajo el vientre para alzarle las caderas y las nalgas. Con cuidado le separó las piernas hasta que el apretado anillo del ano le quedó a la vista. Maggie cerró los ojos con fuerza esperando la intrusión en su lugar más íntimo cuando, en cambio, Alexander empezó a frotarle la espalda de forma ascendente. Empezó a relajarse de nuevo, sintiendo que sus músculos se distendían bajo el efecto de aquellos dedos. Se dejó llevar lánguidamente.

Curiosamente, la postura que tomaba su cuerpo al ser alzado por la toalla le proporcionaba una relajación más profunda y notaba que pequeñas corrientes le cosquilleaban la espalda.

De repente notó que estaba excitada. Ya estaba mojada y los labios del sexo se abrían anhelantes. Sin lugar a dudas Alexander podía ver su vagina desnuda, hinchada y húmeda por el deseo.

Suspiró profundamente cuando Alexander empezó a trabajarle las nalgas, masajeándolas en círculos, y abriéndolas y separándolas para después juntarlas de nuevo. Desvergonzadamente, Maggie arqueó la espalda alzando las nalgas como suplicándole que le tocara su sexo ardiente.

El primer contacto de los dedos en la vagina le provocó una corriente que comenzó entre las caderas y se adentró en el estómago. Notaba el cálido aliento de Alexander mientras la besaba detrás de la oreja y tembló cuando le tocó el clítoris endurecido debajo de su capuchón.

Las nalgas de Maggie se contoneaban mientras él le frotaba suavemente el clítoris, tan suavemente que Maggie se apretó a él para sentirlo mejor. Sin embargo, Alexander se lo impidió y se puso a reír, mientras Maggie jadeaba a punto de tener un orgasmo.

Gruñó, casi lloró, cuando él desvió el dedo impregnado de los flujos femeninos hacia arriba y empezó a lubricarle el ano.

Maggie intentó infructuosamente frotarse contra la toalla para culminar su placer y agradeció que Alexander le introdujera finalmente el dedo en el agujero trasero. Sentía la fricción del dedo contra la pared de la vagina y Maggie abrió todavía más las piernas para que pudiera meterlo más a fondo.

Le entraron ganas de llorar cuando Alexander retiró el dedo, pero enseguida notó el contacto de algo muy frío en su lugar: era crema lubricante. Alexander la aplicó cuidadosamente, untando bien el anillo y metiendo el dedo para que el interior también quedara impregnado de crema. De repente, se le cortó el aliento al sentir que el duro y frío falo artificial penetraba en su interior hasta el fondo. Sentía su cuerpo estirado y tenso.

Entonces, Alexander le hizo un ademán indicándole que se tenía que sentar. Maggie le obedeció y se mordió el labio mientras lo intentaba con la ayuda de Alexander y el objeto se movía dentro de ella.

—¿Y si se mete del todo? —preguntó presa de pánico.

—Es imposible —le aseguró—, no te preocupes. Además, esta noche te lo quitaré y lo reemplazaremos por uno de verdad. ¿Quieres ver lo mona que estás?

Le trajo un espejo y con las piernas abiertas pudo contemplar su vulva hinchada. La anilla de goma asomaba entre sus nalgas y Maggie se sorprendió al ver que Alexander tenía razón, aunque mona no era el adjetivo más adecuado, sino que el de lasciva la definía mejor.

De repente tuvo unas ganas tremendas de liberar la tensión que se había acumulado entre las piernas y dirigió a Alexander una mirada de súplica. Alexander alzó una ceja sorprendido y divertido.

—Por favor... —dijo ella en voz baja.

Él sonrió.

—Sí, Maggie, ahora te puedes correr.

Maggie puso el dedo anular en el clítoris y lo apretó y friccionó firmemente. Alexander la aguantaba mientras ella se frotaba en un vaivén hasta que, en unos segundos, alcanzó el orgasmo. Echó la cabeza hacia atrás y gritó mientras Alexander le besaba el cabello. Después la ayudó a vestirse tratándola con suma delicadeza.

Unos minutos más tarde estaba en el apartamento y Antony se disponía a servir la comida. La miró con aprobación al verla con unos tejanos ajustados que le moldeaban las nalgas y la suave curva del pubis.

—¿Estás cómoda? —le preguntó cuando se sentaba y Maggie se ruborizó.

Sin duda, Antony sabía lo que había ocurrido, ya que Alexander se lo contaba siempre todo. El consolador que tenía en el interior de su culo le recordaba constantemente lo que iba a suceder esa noche mientras comía pasta fresca con una salsa cremosa y bebía agua mineral.

—Lo siento, pero no puedes beber vino —le dijo mientras él se servía una copa—. Alex quiere que todos tus sentidos estén bien despiertos esta noche y el vino enturbiaría tu percepción.

Maggie asintió humildemente y tembló. ¿Percepción de qué?, ¿de dolor, degradación o simplemente del poder que estos dos hombres ejercían sobre ella?

El traje que tenía que lucir esa noche cumplía perfectamente su objetivo: ensalzar la degradación a la que había sido sometida. El diminuto sostén de cuero estaba forrado con una piel suave y realzaba sus pechos, que se desbordaban generosamente sobre la prenda.

Parecía que iba a llevar también unas botas de cuero de tacón muy alto que le llegaban hasta la parte superior de los muslos. El color rosáceo de la vulva depilada contrastaba con el cuero negro de las botas que prácticamente le llegaban hasta las caderas.

Al darse la vuelta, Maggie vio que el borde de las botas estaba cortado de manera que realzaban sus nalgas y, si abría las piernas ligeramente, podía ver la punta del consolador que salía del ano.

—Absolutamente deliciosa.

Maggie se sobresaltó al oír la voz de Antony. No le había oído llegar.

Maggie abrió mucho los ojos en una súplica muda.

—¡Vamos, ven aquí!

La abrazó murmurándole cosas cariñosas al oído y le dio la vuelta para que se mirara de nuevo en el espejo. Él llevaba unos pantalones de cuero muy ajustados que le marcaban cada curva y le realzaban la entrepierna. Una camisa de seda blanca le acariciaba el torso bronceado.

Se colocó detrás de ella y con las dos manos le cogió los pechos alzándolos. Frotó los pezones con la punta de los dedos y se irguieron al tacto. Con una mano comenzó a acariciarle el pubis depilado y a abrirle los labios del sexo ligeramente, mientras que con la otra movía el consolador provocándole oleadas de placer.

Sus miradas se encontraron en el reflejo del espejo y se sonrieron. Maggie arrimó su mejilla a la cara de Antony y él le apartó el cabello de la nuca.

—Creo que así está mejor.

Antony le recogió el pelo en un moño y el cuello de Maggie pareció todavía más largo y esbelto.

—¿Dónde..., dónde estarás tú? —le preguntó Maggie tímidamente.

—En el escenario, contigo —contestó sorprendido.

—Ya lo sé pero, quiero decir que..., bueno, ya sabes.

Antony sonrió al ver que las mejillas de Maggie se teñían de rosa por el apuro que sentía.

—¿Quieres saber qué delicioso orificio me toca? —dijo riéndose mientras Maggie se ruborizaba todavía más—. Creo..., creo que escogeré éste —dijo bajando la mano y metiéndole dos dedos en la vagina.

Cuando Antony retiró la mano, Maggie se giró y lo abrazó besándole. Lo besó con amor hasta que finalmente él la apartó muy suavemente.

—Ya es la hora —dijo en voz baja.

En la sala, el público estaba enloquecido y excitado por los espectáculos de sexo en vivo que les habían ofrecido durante una hora. Varias parejas follaban frenéticamente en las esquinas oscuras del local. En el centro del escenario había un podio, a modo de cama, cubierto por pieles.

Maggie lo observaba todo entre bastidores. Notaba que tenía los brazos y las piernas congeladas, aunque el centro de su cuerpo ardía de emoción. Miraba las pantallas gigantes que estaban a ambos lados del escenario, consciente de que cada movimiento y gesto que ella hiciera sería reproducido en ellas.

Se estremeció y Antony se acercó y la rodeó con los brazos para darle ánimos. Estaba contenta de que estuviera ahí con ella, de que él fuera uno de los hombres que la iba a poseer públicamente. El ambiente estaba cargado, olía a sexo y perfume, y Maggie sintió como si se mareara cuando las luces del escenario bajaron y el bullicio del público descendió de repente. Empezó a sonar una música muy extraña, etérea y muy relajante.

Maggie se puso a andar sobre el escenario con Antony al lado. Sentía la mirada de decenas de ojos sobre ella y vio a Alexander que estaba sentado en el podio cubierto por pieles esperándola.

De repente ya no tenía miedo: le pareció que el público había desaparecido y estaba dispuesta a hacer cualquier cosa que Alexander le pidiera. Él le sonrió y le tendió la mano para que subiera al podio con él. Antony desapareció detrás del escenario donde también estaba Bruno.

Maggie se quedó de pie delante de Alexander esperando sus instrucciones. Él sonrió con aprobación y como recompensa le dio un largo y apasionado beso. Le puso la mano en la espalda presionándola lo suficiente para que entendiera que quería que se inclinara hacia delante y que mostrara su trasero al público.

Toda la sala exclamó al ver el consolador que tenía entre las piernas. Alexander le acarició la espalda invitándola a separar todavía más las piernas para que el público pudiera ver también su vagina.

Maggie se ruborizó de vergüenza cuando Alexander le levantó la cara con la mano para que la cámara pudiera captar su imagen. De reojo, Maggie podía verse reflejada en las pantallas: en una se la veía de frente, inclinada con los pechos colgando; la otra mostraba su imagen por detrás, con las nalgas abiertas y el consolador en medio.

Vio cómo Alexander le retiraba lentamente el consolador. Parecía como si su cuerpo lo expulsara con pesar y vio una toma en primer plano de su ano cerrándose amorosamente cuando salió totalmente el consolador.

—Acuéstate —le ordenó Alexander.

Maggie se precipitó a obedecer. Entonces, Bruno le tendió un fino látigo a Alex, mientras Antony colocaba unos cojines bajo el viente de Maggie para alzarle las nalgas. Maggie sintió que le faltaba el aliento y que las piernas empezaban a temblarle.

—Silencio —le susurró al oído Alexander—, aún es demasiado pronto para llorar.

El primer latigazo le cortó la respiración. Parecía que el dolor se esparcía como una serpiente por la espalda y las piernas, y tembló incontroladamente. Alexander se tomaba su tiempo, esperaba que el primer latigazo hubiera hecho su efecto antes de darle otro.

Se hizo el silencio en la sala y sólo se oían los

latigazos que Alexander propinaba a Maggie. Entonces, comenzó a llorar y las lágrimas empezaron a deslizarse por las mejillas hasta llegar a la alfombra de pieles que tenía debajo.

Jamás le pegaba dos veces en el mismo sitio, por lo que toda la piel estaba encendida e irritada uniformemente.

—Por favor, ¡no puedo más!, no puedo..., ¡Oh!

Un latigazo cortó la protesta dejando a Maggie sin aliento y, en ese momento, Alexander cesó. Maggie no podía contener los sollozos mientras la ayudaba a ponerse de rodillas. La observó inexpresivo mientras Maggie lloraba y pronunciaba palabras incoherentes entre sollozos.

—¿Qué es lo que dices, Maggie? ¿Qué quieres?

—Yo..., yo, por favor. ¡No me hagas más daño!

Entonces él le dedicó una sonrisa amable. Se inclinó y le dijo muy cerca del oído para que sólo ella pudiera escucharlo:

—No existe el placer sin el dolor. El amor duele, Maggie. Ahora te voy a amar como siempre has deseado que lo haga.

Alexander le limpió las lágrimas de la cara con los dedos y la lengua. Maggie cerró los ojos mientras él inundaba su cara de besos, le acariciaba los pechos y le separaba las piernas. Ella ya sabía que estaba mojada. ¿Cómo no iba a estar excitada cuando era Alexander el que había impartido los latigazos? Cualquier cosa que le hiciera Alexander la ponía a cien.

Maggie se tumbó boca abajo complaciente mientras esa extraña música la envolvía. Sentía la presencia del público, su calor y el de los focos, pero no le importaba.

Ahora Antony se había acercado y comenzó a besarla apasionadamente. Sin importarles los demás, comenzaron a rodar por el suelo sin cesar de acariciarse. Antony estaba desnudo y Maggie notaba que su erección le presionaba el vientre. Antony la giró para que ella quedara acostada a su lado. Maggie deseaba que le metiera la verga en su interior, pero él la mantuvo aparte como si esperase una señal.

Unos dedos agarraron el mentón de Maggie. Era Bruno, impaciente por recibir sus atenciones. Le puso el miembro a unos centímetros de la cara con el prepucio echado hacia atrás dejando a la vista un brillante glande púrpura. Maggie se sentó encima de Antony y comenzó a acariciar el pene a Bruno con una mano mientras que con la otra le cogía los testículos.

Unos escalofríos le atravesaron la espalda cuando Alexander le untó con una crema refrescante las marcas de los latigazos y el ano. Entonces cambió de tarro y empezó a aplicarle en el agujero trasero otra crema más untuosa para facilitar la entrada a él.

Parecía que los tres hombres se movían al unísono cuando Alexander acabó de untarle la crema en el ano. A Maggie le parecía que estaba flotando, como si la persona que recibía todas esas sensaciones no fuera ella, a pesar de que su piel estaba muy sensible y su vulva empapada por sus propios jugos.

Antony la penetró primero, deslizando su duro pene por la cálida vagina. En ese momento, Maggie abrió la boca para recibir a Bruno; Alexander, que estaba detrás de ella, la penetró por detrás. Notó cómo los penes de Alexander y Antony se frotaban a través de la fina pared de la vagina. Apenas oyó el ruido que emitió el público. Tenía la sensación de que explotaría si los tres hombres se quedaban quietos cuando, de repente, comenzaron a moverse juntos.

Le dolía la mandíbula por las embestidas que le propinaba Bruno que cogía su cara con las manos. Antony sacaba y metía la verga en su interior, y Alexander seguía el ritmo por detrás. Cada músculo de su cuerpo estaba tenso.

Antony llegó al orgasmo primero y su esperma caliente salió disparado por su vagina. Bruno lo siguió, corriéndose abundantemente dentro de su garganta. Maggie lo tragaba ávidamente justo cuando Alexander llegó al clímax y empezó a bombear su semen dentro del ano.

Los hombres se retiraron de su cuerpo y Maggie se quedó en el podio contoneándose y a punto de alcanzar ella también su orgasmo. Se estiró en el suelo desvergonzadamente y comenzó a frotarse frenéticamente sin importarle los fluidos que rezumaban de su sexo.

Olas de placer la atravesaron y comenzó a mover la cabeza de un lado a otro como una posesa. A lo lejos escuchó unos aplausos y Alexander se acercó a besarle el sexo mientras que Antony le besaba la boca y después, nada.

Se sentía muy a gusto, caliente y envuelta en un largo y suave camisón de algodón. Estaba en la cama y Maggie abrió los ojos frunciendo el ceño e intentando acordarse de lo que había ocurrido.

—Vuelve en sí —dijo Antony y esas palabras le devolvieron la memoria.

—¿Qué..., qué ha pasado? —logró decir mientras Alexander la abrazaba y Antony le acariciaba el pelo retirando un mechón de la frente.

—¡Shh!, no pasa nada. Te desmayaste durante

unos segundos y desde entonces has estado como ida. ¿No te acuerdas de haber vuelto en sí cuando estábamos en el *jacuzzi*?

Maggie se acordaba vagamente de la sensación del agua burbujeante y de unas esponjas que la frotaban, y que luego unas manos fuertes la secaban y la llevaban hasta el ascensor.

Sí, se acordaba. Volvió la cara ansiosamente para mirar los ojos de Alexander y agradeció que él estuviera sonriendo.

—Iré a preparar algo caliente para todos —anunció Antony levantándose.

Alexander apretó más a Maggie entre sus brazos.

—Maggie, cariño..., ¡estuviste maravillosa!

Maggie estaba orgullosa y se sentía feliz de que Alexander estuviera contento con ella.

Se sentaron los tres en la cama mientras tomaban un café con leche. De vez en cuando, Alexander acariciaba la mejilla de Maggie o estiraba el brazo para tocar a Antony. Maggie jamás se había sentido tan feliz y tan amada.

—¿Sabes, Antony? —dijo Alexander rompiendo el plácido silencio—. Creo que Maggie podría ser la persona indicada para llevar nuestro nuevo proyecto.

—Sí, puede que tengas razón.

—¿Qué nuevo proyecto? —preguntó Maggie.

—Antony está pensando en comprar un hotel fuera de la ciudad. Un lugar donde podrían ir las mujeres a pasar un fin de semana y quizá también podrían ir parejas. ¿Qué piensas?

Maggie comenzó a pensar en la idea, pero enseguida lanzó una mirada de desilusión a Alexander.

—Pero no quiero vivir fuera de la ciudad,

¡quiero quedarme aquí contigo y con Antony! ¡Quiero formar parte de esto! —dijo.

—Y seguirá siendo así —contestó Alexander confortándola—. Si pudiéramos encontrar algún lugar cercano para que los tres pudiéramos ir de un sitio al otro.

—Piénsalo, Maggie —dijo Antony seductoramente—. Los tres seríamos socios a partes iguales. ¿Qué piensas?

En su mente Maggie veía el Club Orquídea Negra más grande y mejor, con más posibilidades de experimentar. ¿Qué más podía desear?

—Me parece muy bien —contestó Maggie.

—Bueno, creo que esto requiere más que un café; voy a por una botella de champagne.

Alexander desapareció y regresó con una bandeja con tres copas rebosantes del dorado líquido burbujeante. Se sentó en la cama desnudo y alzó la copa.

—¡Por el Hotel Orquídea Negra! —propuso Antony.

Todos bebieron de las copas y Maggie cogió la mano de Antony por debajo del cubrecama.

Alexander sonrió a Maggie y alzó la copa de nuevo.

—Por nosotros tres —dijo en un tono de voz que trataba de esconder su emoción.

Antony miró a Maggie y, con un gesto, ambos alzaron la copa y repitieron obedientemente:

—Por nosotros tres.

Inesperadamente, Alexander echó la cabeza hacia atrás y empezó a reír.